현세귀환록

현세귀환록 4

초판 1쇄 인쇄일 2015년 2월 23일 | **초판 1쇄 발행일** 2015년 2월 25일

지은이 아르케 | **펴낸이** 곽중열 | **담당편집 팀장** 이범수
편집부 신연제 이윤아 김호성 김은경

펴낸곳 (주)조은세상 | 출판등록 제 2002-23호
주소 경기도 연천군 미산면 청정로 1355
TEL 편집부 02)587-2966 | FAX 02)587-2922
e-mail bukdu@comics21c.co.kr

현세귀환록

現世
歸還錄

아르케 현대 판타지 장편소설

NEO MODERN FANTASY STORY & ADVENTURE

CONTENTS

NEO MODERN FANTASY STORY & ADVENTURE

現世
歸還錄

1장. 결실

NEO MODERN FANTASY STORY & ADVENTURE

현세귀환록

1장. 결심

카~앙~캉캉!

최강훈이 강민의 왼쪽 옆구리를 향해 번개처럼 환도를 휘둘렀으나 강민은 제자리에 서서 손에 든 바스타드 소드를 슬쩍슬쩍 움직이는 것으로 그의 공세를 막아냈다.

자신의 공세가 당연히 막힐 것을 예상했는지 최강훈은 환도가 튕겨나오는 반탄력을 이용해 회전을 하며 이번에는 목의 오른쪽 부위를 노리고 환도를 휘둘렀다.

하지만 그 공격은 뜻을 이루지 못하였다. 강민의 말과 함께 그의 손에 들린 바스타드 소드가 움직였기 때문이었다.

"아래쪽이 비었다. 강훈아."

최강훈의 회전이 끝나기도 전에 강민의 바스타드 소드가 아래쪽에서 위쪽을 향하여 최강훈의 하체를 노리며 날아왔다.

　최강훈이 공격을 고집한다면 공격이 목에 닿기도 전에 자신의 몸이 좌우로 양단 될 판국이었다.

　이를 악 문 최강훈은 환도는 멈추지 않으며 왼손에서 장력을 쏘아냈다. 장력으로 강민의 검면을 쳐내 방향을 틀려고 한 것이었다. 몇 십번의 공세만에 얻은 기회였기에 기세를 늦추고 싶지 않았기 때문이었다.

　하지만 강민의 검세는 물결을 거슬러 오르는 물고기의 움직임처럼 최강훈의 장력을 흘려내며 최초 목표로 한 최강훈의 하체를 공격해갔다. 강민의 공격은 평범한 검세가 아니었다. 기이한 현기를 품고 있는 검세는 검 자체에는 마나를 담은 것으로 보이지도 않았지만 최강훈의 모든 공격과 방어를 흘려내며 검이 노렸던 목표를 향해 날아갔다.

　"크윽…."

　이대로라면 자신의 공격보다는 강민의 공격이 빠를 것이었다. 물론 그 차이는 미미하였기에 강민이 막지 않고 공격을 고집한다면 거의 동시에 공격이 이루어질 것이지만, 실제 전투에서 최후의 순간에 사용되는 동귀어진의 수라면 모를까 이런 수련에서 쓸만한 수는 아니었다.

그리고 자신의 검세는 결국 강민의 방어에 막히겠지만 강민의 검은 자신을 갈라버리려는 목표를 이룰 것이기에 쓸 수도 없었다. 어차피 대련이 아닌 실전이라면 강민에게 이런 기회를 얻을 새도 없이 자신의 목이 날아가고 말았을 것이기에 이런 기회를 놓치는 것을 아까워 할 필요도 없었다.

결국 최강훈은 공격을 포기하고 뒤로 물러나며 하체로 날아오는 강민의 검을 피해갔다. 공격을 피하며 다시금 공격할 기회를 보았지만 이미 공격의 주도권은 강민에게 넘어갔다. 최강훈이 한걸음 뒤로 물러나며 그 검을 피했지만, 현기를 머금고 있는 검은 그냥 사라지지 않았고 끝내 최강훈을 쫓아왔기 때문이었다.

이런 일이 처음은 아니었는지 최강훈은 강민의 검세가 그를 따라옴에도 당황하지 않고 눈을 빛내며 결의를 다졌다.

'오늘은 기필코….'

이제껏 강민과 함께하는 수련에서 저 흐름을 거슬러 오르는 검이 나올 때마다 최강훈은 속수무책이었다. 최강훈이 어떤 수를 쓰더라도 강민의 검은 이리저리 그의 공세를 흘려내고 결국은 그의 목 앞에서 멈췄기 때문이었다. 이 검은 최강훈에게는 언제나 체크메이트의 한 수였던 것이었다.

최강훈은 전면으로 검세를 뿌리며 두 걸음 정도 더 물러 났다. 강민이 그를 봐주고 있어서인지 강민의 검세는 강대 한 마나도 실려있지 않았고 그 속도 또한 빠르지 않았다. 그저 꾸준히 최강훈의 목을 향해 날아갈 뿐이었다.

다른 누군가가 이 장면을 본다면 강민이 장난처럼 찔러 넣는 검을 최강훈 혼자서 날뛰다가 결국 그 검 앞에 목을 갖다 대는 것으로 보일 정도로 강민의 검세에는 강렬한 힘 은 실려있지 않았다. 하지만 그 검이 최강훈에게는 피할 수 없는 무적의 검세로 여겨졌다.

오늘도 물러난 최강훈을 향해서 강민의 검은 느릿느릿 다가왔다. 그리고 그 검을 보는 최강훈의 눈빛은 점점 강 해졌다. 그의 집중력이 올라가고 있었다. 주위가 조용해지 고 세상에 강민과 최강훈 밖에 남지 않은 것처럼 모든 것 이 그의 인식에서 사라졌다. 아니 강민 조차 사라지고 강 민이 내지른 검만 남았다. 그런 검이 최강훈을 향해서 천 천히 다가오고 있었다.

원래도 느린 검세였지만 최강훈의 집중도가 올라가면서 더 느려지고 있었다. 집중력이 최고조에 이르면서 검세가 한단계 더 느려졌다. 아니 느려진 것처럼 보였다. 이제는 마치 슬로우비디오의 한 장면처럼 느리게 보였다.

검세가 슬로우 비디오처럼 느려지는 것과 동시에 검에 서려있는 마나의 그물이 최강훈의 눈에 서서히 드러났다.

강민의 검 주위에는 마나의 그물이 거미줄처럼 펼쳐져있어 그 검세를 막으려고 하는 움직임을 사전에 파악하고 흐름을 거슬러 올라가고 있었던 것이었다.

그 그물은 대기의 마나와 동화되어 있어 그냥 대련을 할 때는 알 수 없었는데 이렇게 집중력이 최고조에 이르자 그 정체가 최강훈의 눈에 드러났던 것이었다.

'아… 이래서 모든 공세를 피해가며 날아왔구나.'

강민의 검에 펼쳐진 마나 그물을 확인한 최강훈은 이번에는 검이 아니라 그 마나 그물을 잘라내기 위해서 자신의 환도를 휘둘렀다. 하지만 슬로우 비디오처럼 움직이는 강민의 검과 마찬가지로 자신의 환도 역시 너무도 느리게 그 검을 맞으러 나갔다. 마음속에서는 이미 마나 그물을 잘라내고 검세를 막고 반격까지 생각하고 있었는데, 자신의 움직임은 자신의 생각을 따라가지 못했다.

최강훈은 이를 악물며 마나를 돌렸다. 체내의 마나가 급가속함에 따라 최강훈의 검세는 더욱 빨라졌는데 여전히 그의 생각에는 미치지 못하였다.

하지만 최강훈의 환도에는 이제까지 보지 못했던 마나의 흐름이 아지랑이가 피어오르듯이 나타나 있었다. 그 아지랑이는 이내 불길이 타오르는 것처럼 검 전체에 일렁거렸다. 검기, 소드 오러의 발현이였다.

소드 오러까지 발현한 최강훈의 검은 그의 인식에는 여

전히 슬로우 모션이었지만 조금 전보다는 약간 빨라져서 결국 강민의 검에 서려있는 마나 그물을 일부 잘라냈다. 그리고 연결동작으로 잘려나간 마나 그물의 틈사이로 소드 오러를 머금은 자신의 환도를 찔러넣었다.

캉~!

강민의 검과 최강훈의 환도가 부딪히며 낸 소리였다. 그리고 둘의 검은 멈추었다. 수십 차례의 대련만에 드디어 최강훈이 강민의 그 검세를 막아냈다.

강민은 최강훈이 자신의 검을 막아내자 추가적인 공격을 하지 않고 검을 거두었다. 그리고 아직도 어리둥절하며 서 있는 최강훈에게 다가서며 말을 건냈다.

"마나 그물을 잘라낸 것을 보니 드디어 하이퍼 모드에 들어갔구나. 하이퍼 모드에 들어가지 않았으면 그 그물을 볼 수 없었을 테니 말이야."

강민의 말에 정신을 차리며 최강훈은 강민에게 되물었다.

"하이퍼 모드요?"

"아. 초월의 영역 말이야. 그것이 초월의 영역이다. 나는 하이퍼 모드라고 부르는 것이 더 익숙하지만 여기서는 초월의 영역이라고 주로 하니…."

"아…."

방금 그것이 그 느낌이 강민이 말한 진정한 마스터의 기준인 초월의 영역이었다. 초월의 영역에 대해서는 강민이 말하기 전에도 최강훈 역시 알고는 있었다. 과거 스승인 한진문에게 배울 당시 화경에 이르면 범인과는 다른 영역에 있을 수 있다는 말을 들은 적이 있었다. 하지만 한진문도 자신이 경험한 것이 아니라 단지 그의 스승에게 말로만 들은 경지를 전해준 것이었다.

그렇기에 최강훈도 한진문에게 그런 경지가 있다는 것을 단지 듣기만 하였기에 실제로 그 초월의 영역에서 어떤 일이 벌어지는지는 몰랐다. 그래서 자신이 초월의 영역에 들어가 놓고도 무슨 일은 한건지 모르고 있었던 것이었다.

"이제야 진정 마스터가 되었다고 할 수 있겠네. 소드 오러만 쓸 수 있다고 다 마스터가 아니야. 마스터간의 대결에서는 초월의 영역에서 얼마나 자유로이 움직이느냐가 더 중요한 부분이니 말이야. 너도 이제 초월의 영역에 들어와 봤으니 앞으로 그 영역에서의 수련에 더 집중하도록 해."

"네, 알겠습니다. 형님."

최강훈이 초월의 영역에 들어선 것은 그가 마스터의 경지에 들어선지 세 달만의 성취였다.

지난 3년여간의 수련동안 최강훈은 B등급에서 마스터 등급인 S등급까지 실력이 급상승하였다. 유리엘이 그를 위해 특별히 만든 마나 집적진과 마나 비약에다가 강민의 지도까지 합쳐지자 최강훈의 실력은 그야말로 일취월장 (日就月將) 할 수 있었다.

물론 최강훈의 재능이 뛰어났고 스스로의 의지가 강했음은 두말할 것도 없었다. 최강훈은 3년간의 수련에서 수면시간도 식사시간도 줄여가면서 그야말로 할 수 있는 한 최선의 노력을 다해서 수련을 하였다. 그랬기에 B등급에서 S등급까지 실력을 올릴 수 있었던 것이었다.

즉, 타고난 재능과 전폭적인 지원, 강인한 의지의 삼박자가 맞춰졌기에 이런 폭발적인 성장이 가능했다. 어느 하나라도 부족했다면 그가 마스터가 되기까지 짧게는 십수년 길게는 몇 십년이 필요하였을 것이다. 아니 어쩌면 마스터에 오르지도 못하고 세상을 떠났을 가능성도 높았다.

하지만 최강훈은 운이 좋게도 그것들을 다 갖추고 있었다. 특히 강민과 유리엘의 지원을 얻은 것이 그에게는 최고의 행운이었다. 마나 집적진이나 마나 비약 없이, 단지 수련만을 행했다면 마스터에 오르기 위해 필요한 최소한의 마나를 쌓는 것에만 몇 십년의 노력은 필요했을 것이기 때문이었다.

그렇지만 그의 의지나 재능이 없었다면 아무리 강민과 유리엘의 지원이 있었다고 해도 이렇게 짧은 시간에 마스터가 되지는 못했을 것이었다.

단적으로 같이 수련을 시작한 정시아가 아직 A+ 단계에 머물러 있는 것만 보아도 그녀보다 두 단계나 낮은 능력 등급을 갖고 있던 최강훈이 그녀보다 먼저 마스터가 되었으니 그 의지와 재능의 차이라는 것은 정말 대단한 것이라 할 수 있었다.

강민과 최강훈의 대련을 지켜보고 있던 정시아는 둘의 대화에 자신도 모르게 아랫입술을 질끈 물었다. 자신은 아직도 마스터가 되는 길조차 감도 못잡고 있는 상황이었는데, 최강훈은 이미 삼개월전에 마스터가 되었고 오늘은 말로만 듣던 초월의 영역에 들어서서 강민에게 진정한 마스터가 되었다는 이야기까지 들은 상황이니 자신이 초라해지는 느낌이었기 때문이었다.

분명 수련의 초반에만 하더라도 정시아가 앞서 있는 상황이었다. 당시에 정시아의 능력등급은 A등급 이었고 최강훈은 B등급이었다. 정시아가 두 등급이나 높은 상황이었다. 실제로 대련을 할 때에도 초반에는 정시아가 어렵지 않게 최강훈을 제압했다.

그 이후 최강훈도 한창 수련에 힘썼지만 정시아 역시 피의 각성을 받고 말론도에게 체술과 뱀파이어의 기술을 배우며 수련에 게으름을 피우지는 않았다.

하지만 재능과 의지의 차이는 무시할 수 없었다. 재능을 둘째치고라도 그 노력의 정도 역시 차이가 났다. 정시아도 노력한다고 하였지만, 최강훈은 그야말로 피를 토하는 노력을 하였다. 정시아는 수련마법진에서 한 번의 미션을 클리어하고 나면 진이 빠져서 움직이지도 못했지만, 최강훈은 힘이 남아있다면 수련마법진에 두 번, 세 번을 들어갔었다.

온 몸이 피투성이가 되고 척추가 끊어질 뻔한 경우도 있었지만 유리엘의 치료마법을 믿었는지 그는 포기하지 않고 계속 도전을 하였다.

결국 1년만에 정시아는 최강훈에게 따라잡혔다. 정시아역시 노력을 게을리 한 것은 아니었기에 A등급에서 A+등급으로 한 등급 상승하였지만, 최강훈은 B등급에서 A+등급으로 세 등급이나 급상승하였던 것이었다.

둘 다 A+등급에 오른 이후 정시아는 더 이상 최강훈의 상대가 되지 못했다. 타고난 전투센스도 최강훈에게 미치지 못했고, 생존감각 또한 최강훈이 우위에 있었기 때문이었다. 둘이 대련을 하면 정시아가 최강훈이 모르는 새로운 기술을 쓰지 않는 이상 90%는 최강훈의 승리로 끝났다. 그런 상황에서 3개월전에 최강훈이 마스터에 올랐고, 더이상의 대련은 의미가 없었다. 정시아가 무슨 수를 쓰더라도 최강훈을 이길 수가 없었던 것이었다.

최강훈이 마스터가 된 이후에는 정시아는 강민과 최강

훈이 대련하는 것을 종종 지켜보았다. 둘의 대련에서 그녀가 마스터가 될 수 있는 실마리를 잡을지도 모른다는 생각에 그녀가 스스로 부탁했던 것이었다.

그런데 대련할 때마다 강민이 슬쩍 내지른 검에 최강훈이 긴장하면서 화려한 검세를 뿌리고 마나를 쏘아내며 날뛰다가 결국은 검세에 무릎꿇는 것을 보고 왜 저러냐하는 생각도 했었었다.

그래서 강민에게 부탁해서 자신도 그 검세를 상대해봤는데 정시아의 실력으로는 그 검세를 잠시도 막기 힘들었다. 그제서야 정시아는 최강훈이 왜 그렇게 날뛰는지 알수 있었다.

그런데 오늘 그 검세마저 막아낸 것을 보니 둘 간의 격차가 더 커졌다는 생각이 들었고, 그 사실에 자신의 재능이 확실히 최강훈의 재능에 미치지 못한다는 판단이 들면서 자괴감마저 생기는 정시아였다.

평소에 최강훈은 강민과의 대련 이후 자신을 지켜보는 정시아 기분을 살펴 그녀를 배려해주곤 했었는데, 오늘은 달랐다. 최강훈은 강민이 진정한 마스터가 되었다는 말을 하자 정시아의 표정을 신경 쓸 틈도 없이 저절로 입에 미소가 지어졌다.

'진정한 마스터라… 이제 서영이 누나 앞에 떳떳하게 설수 있겠구나.'

세 달 전 최강훈이 마스터에 오르면서 강서영과 최강훈은 연인사이가 될 수 있었다. 둘이 좋아하는 마음을 확인한 것은 이미 3년 전이었지만 정작 둘이 연인이 된 것은 불과 세 달 전이었다.

그것은 최강훈과 강민과의 약속 때문이었다. 아직도 그날을 생각하면 그날의 약속 때문에 마스터가 될 수 있어서 잘했다는 생각 반, 강서영을 3년이나 기다리게 해서 미안하다는 생각 반으로 복잡한 생각이 드는 최강훈이었다.

❖

아직 본격적인 수련이 들어가기 전의 일이었다. 처음으로 수련 마법진에 들어갔다 나온 최강훈을 따로 불러 강민이 물었었다.

"네가 서영이를 좋아한다는 것은 알고 있다. 그리고 서영이도 너를 좋아한다고 하더군."

최강훈은 강민에게서 뜻밖의 말을 듣자 당혹스러움과 기분 좋은 감정이 동시에 들었다. 최강훈이 강서영을 좋아하는 것은 사실이었지만, 강서영이 자신을 좋아한다고는 아직 생각하지 못했었기 때문이었다.

물론 시간이 지나면 서로의 감정을 확인하고 얼마 지나

지 않아서 연인으로 나아갈 수 있는 사이였지만, 아직은 자신의 감정만 알고 있었지 강서영의 감정은 모르고 있었었다.

그런 상황에서 강민이 강서영의 감정을 확인 시켜 준 것이었기에 최강훈은 날아갈 듯 기뻤다. 그랬기에 최강훈의 목소리는 저절로 떨려서 나왔다.

"그… 그렇습니까…"

상기된 얼굴로 더듬더듬 대답하는 최강훈의 반응에도 관계없이 강민은 계속 말을 이었다.

"나도 너를 좋게 보고 있어서 둘이 만나는 것을 반대하고 싶은 마음은 없다. 다만 한 가지 말해주고 싶은 것이 있어. 당시 난 한사람을 살리는 대가로 네 목숨을 받기로 했고, 너는 목숨으로 내 동생을 지키기로 나와 약속했다. 그렇지 않나?"

당시 강민은 한수아를 살려주는 대가로 한진문을 통해서 최강훈의 목숨을 받기로 하였다. 물론 실제 목숨이 아니라 목숨 바쳐서 강민이 원하는 것을 행한다는 의미였다.

그 상황을 기억하면서도 자신을 좋게 보고, 둘이 만나는 것을 반대하지 않는다는 강민의 말에 최강훈은 진지하지만 기쁜 마음으로 강민에게 대답하였다.

"네! 맞습니다. 형님. 제 목숨을 바쳐 서영이 누나를 지키겠습니다!"

하지만 강민은 그런 최강훈의 심정을 아는지 모르는지 다소 냉정한 말투로 그에게 말했다.

"목숨을 바치는 것이 중요한 것이 아니라, 지키는 것이 중요한 것이다. 지금 네 실력으로 우리 서영이를 지킬 수 있겠나?"

최강훈에게 약속은 지키는 것보다는 목숨을 바치는 것에 포커스가 맞추어져 있었지만, 강민 입장에서는 그의 목숨 보다는 강서영을 지킬 수 있느냐 없느냐가 더 중요할 것이었다. 그래서 강민은 최강훈의 대답을 듣지도 않고 이어서 물었다.

"단적으로 쇼군 같은 강자가 우리 서영이를 노린다면 네가 서영이를 지킬 수 있다고 생각하나?"

강민의 말에 최강훈은 대답할 수 없었다. 강서영이 위험한 상황에서 자신의 목숨을 바칠 각오는 되어 있지만, 만일 쇼군 정도의 강자가 그녀를 노리는 상황이 온다면 자신의 목숨을 바친다고 하더라도 그녀를 위험한 상황에서 빼낼 수는 없을 것이다.

당시 최강훈이 본 쇼군의 경지는 B등급인 최강훈으로서는 상상조차 안 되는 높은 경지이기 때문이었다. 물론 그 쇼군을 장난치듯 가지고 놀다가 해치운 강민은 애초에 논외의 경지였다.

사실 강민의 가정은 좀 무리한 가정이었다. 마스터 급의 강자가 노리는 상황에서 자유로울 수 있는 사람은 전 세계를 뒤져도 극히 소수에 불과할 것이다.

하지만 최강훈은 강민의 실력이 마스터 보다는 훨씬 높다는 것을 알고 있기에 반박할 수는 없었다. 강민 정도의 강자라면 그의 여동생을 맡길 사람에 대한 최소한의 기준은 있을 것이기 때문이었다.

물론 강서영에게는 신기(神機)라 할 수 있는 보호마법기가 있어서 안전에 대해서는 걱정할 필요가 없었지만 최강훈은 모르고 있었다. 안다고 하더라도 그 스스로가 강서영을 지킬 수 있는 능력이 있는 것과 마법기는 별개의 문제였다.

이런 저런 고민을 해보아도 최강훈은 강민의 질문에 대한 답을 할 수는 없었다. 지금 자신의 능력으로는 역부족이기 때문이었다.

최강훈의 대답이 없자 강민은 이어서 말을 하였다.

"물론 둘 다 성인이니 내가 허락하고 안하고의 문제는 아니겠지. 둘이 좋아서 만난다면 내가 어쩔수 있는 문제는 아닐 것이야."

강민이 강하게 말한다면 최강훈이나 강서영이나 그의 말을 거부할 가능성은 낮았지만, 강민은 굳이 그렇게 동생이나 최강훈을 제약하고 싶지는 않았다.

"아닙니다. 형님."

"하지만 내 개인적으로는 난 네가 약속을 지켜줬으면 좋겠다."

"…어… 어떻게…."

최강훈은 여전히 강민이 어떻게 약속을 지키라는 것인지 잘 이해가 가지 않았다. 그런 최강훈의 의문을 해결해 주듯 강민은 말을 이었다.

"네가 마스터가 된다면 우리 서영이를 지킬 수 있는 힘이 있다고 생각하마. 그때가 된다면 네가 약속을 지켰다고 생각하겠다는 것이야."

"아…."

"너 혼자 노력한다면 마스터가 될 때까지 얼마나 걸릴지 모르니 나와 유리엘이 네 수련을 적극 도울 것이다. 그렇다 하더라도 마스터에 오를 때까지는 꽤 오랜 시간이 걸리겠지. 물론 네 의지와 노력에 따라 다르겠지만 말이야."

그럴 것이다. 아직 B등급의 최강훈이 마스터라니. 그에게는 꿈과 같은 이야기였다. 최강훈의 멍한 얼굴을 보면서도 강민은 계속 말을 건넸다.

"나와의 약속과 관계없이 둘이 만나겠다하면 둘의 의사는 존중해 주지. 다만 난 다소 실망하겠지."

최강훈이 우상처럼 생각하는 강민이었다. 그런 강민이 실망을 한다니… 하지만 마스터는 지금 그에게는 너무도

먼 이야기였다. 고민이 안 될 수가 없었다. 강민도 하고
자 하는 말을 다 끝냈는지 더 이상의 말은 없었고, 최강
훈도 고민에 빠졌는지 둘 사이에는 침묵만이 자리하고
있었다.

어느 정도의 시간이 흘렀을까? 고민 끝에 결정을 내렸
는지 상기된 얼굴의 최강훈은 이를 악물고 대답하였다.

"형님의 말씀 알겠습니다. 서영이 누나에게 말을 하겠
습니다. 제가 마스터가 될 때까지 조금만 기다려 달라고
말입니다. 누나를 위해서, 저를 위해서 반드시! 빠른 시간
내에 마스터가 되겠습니다. 약속드리겠습니다!"

최강훈의 그런 결의에 강민은 흐뭇한 미소로 대답하였
다.

"좋다. 네가 그런 결심이라면 나도 최선을 다해서 돕도
록 하지. 네가 최선을 다한다면 3년이면 마스터에 오를 수
있을거야."

3년이라는 말에 최강훈은 눈을 빛냈다.

"3년이라… 반드시 이루고 말겠습니다! 형님!"

그렇게 최강훈은 마스터가 되기 위한 강한 의지를 세웠
고, 최강훈은 알지 못했지만 그런 그의 모습을 보고 강민
과 유리엘이 심어를 나눴었다.

[민, 이제 중급 익스퍼트인 강훈이가 마스터가 될 때까
지 3년은 너무 짧은 것 아니에요?]

[글쎄, 강훈이의 재능과 의지라면 우리가 좀 도와주면 3년 안에는 마스터가 될 수 있을 것 같은데?]

[3년이라. 민은 강훈이의 재능을 높게 보나보네요. 나는 아무리 우리가 돕는다고 해도 5년은 걸릴거라 생각했는데 말이죠.]

[지금 같은 실전 마법진을 거치고 강한 동기부여만 된다면 빠르면 3년 안으로도 가능하다고 생각해. 사람의 의지라는 것은 대단한 것이거든, 불가능한 것도 가능하게 하는 것이 사람의 의지이지.]

[3년이라… 3년만에 중급 익스퍼트가 마스터가 된다면 정말 대단한 일이겠네요.]

강민과 대화를 나눈 이후 최강훈은 강서영을 찾았다. 당시에는 상대방에 대한 스스로의 마음을 확인한지 얼마 되지가 않아 약간 어색한 상황이었는데, 최강훈은 그 어색함을 무릅쓰고 그녀에게 자신의 마음을 밝혔었다.

"누나, 저 누나 좋아합니다."

강서영은 최강훈의 뜻밖의 고백에 대답도 못하고 얼굴만 달아올라 있었다. 그런 강서영의 반응에 자신감을 얻은 최강훈은 말을 이었다.

"지금 당장이라도 앞으로 함께 하자고 하고 싶은데, 형님과 약속한 것이 있습니다."

최강훈의 말에 강서영은 정신이 번쩍 들면서 강민과 최

강훈이 무슨 약속을 했는지 궁금해졌다.

"약속?"

"누나한테도 말했죠? 목숨을 바쳐 누나를 지키겠다구요."

그 말에 다시금 강서영은 얼굴이 붉게 달아올랐다. 그 말이었다. 최강훈의 그 말 이후로 최강훈을 점점 남자로 보기 시작했던 것이었다.

"그… 그랬지…."

"그런데 지금의 제 실력으로는 누나를 지키기가 힘들 것 같아요."

최강훈의 말에 강서영은 고개를 갸웃거리며 그에게 되물었다.

"경호원 중에서도 네 실력이 가장 좋다고 하던데, 내가 잘못 안 거야…?"

강서영의 반응에 최강훈은 서서히 긴장이 풀리는지 웃으며 그녀에게 대답하였다.

"경호원들을 대상으로 누나를 지킬 것이 아니라서요. 누나도 아시죠? 세상에는 일반 사람들이 모르는 세계가 있다는 것 말이에요. 그 곳에 있는 초인과 마물에게서 누나를 지키려면 지금으로는 부족해요."

강민과의 생활, 최강훈과의 생활을 통해서 강서영도 이능의 세계가 있다는 것을 어렴풋이는 알고 있었다. 그런

세계에 강민과 최강훈이 속해있다는 것도 알고 있었기에 그의 말이 이해가 갔다.

"그럼 어떻게 하려고?"

"조금만 기다려 주세요. 3년 안에는 제가 누나를 지킬 수 있는 힘을 얻을게요. 그때까지만 조금만 기다려 달라고 말하려고 여기에 왔어요."

최강훈은 강민의 말을 믿었다. 물론 수련 마법진에서처럼 목숨을 걸고 수련을 하여야겠지만 그 수련을 따라온다면 강민이 허튼 소리를 할 것이라고 생각하지는 않았다. 그랬기에 강서영에게 자신있게 3년이라는 시간을 말했다.

최강훈이 3년만 기다려달라는 이야기에 강서영은 잠시 고민하다가 대답하였다. 최강훈에게는 강서영이 잠시 고민하는 시간이 몇 년과도 같이 느껴졌다.

이제 겨우 마음을 확인한 정도이고 서로 마음을 주고받지도 않은 사이인데, 무작정 3년을 기다려 달라는 것이 너무 염치없다고 생각되었기 때문이었다.

하지만 강서영은 그를 믿어주었다. 아니 그녀가 본 그를 믿었다고 할 수 있었다. 그래서 최강훈을 기다려 주기로 결심했던 것이었다.

"그래 알겠어. 3년 기다려 줄게. 남자친구 군대에 있다고 생각하지 뭐."

"누나 고마워요. 3년 안에 힘을 얻으면 정식으로 제가 프로포즈 하겠습니다."

프로포즈라는 이야기에 다시금 얼굴이 붉어진 강서영이 었지만 그런 내심을 감추고 호탕하게 최강훈에게 대답하였다.

"그래! 누나 너 기다릴 테니까 나 실망시키면 안 돼!"

"네! 누나! 절대 누나 실망시킬 일 없을 거에요. 제 목숨이 붙어있는 한은 말이에요."

그 이후 딱 2년 9개월 만에 마스터에 오른 최강훈은 마스터에 오른 다음날 강서영에게 프로포즈를 하였고 둘은 연인이 되었다. 3년을 약속했지만 3개월이나 단축하여 마스터에 오른 것이었다.

최강훈의 노력을 알고 있는 강민과 유리엘은 둘의 만남을 축하해주었다. 한미애 역시 최강훈을 좋게 보고 있는지라 둘의 만남을 기꺼워하였다. 다만 정시아만이 씁쓸한 표정을 지었을 뿐이었다.

물론 그녀가 둘의 만남을 시샘하는 것은 아니었고, 자신보다 약했던 최강훈이 어느새 자신을 훌쩍 뛰어넘어 마스터의 강자가 된 것에 대한 자존심이 상했던 것에 대한 표현이었을 뿐이었다.

그 당시에는 둘을 축하해준 강민은 나중에 최강훈을 불러서 따로 이야기를 하였다. 그 자리에서 강민은 마스터라도 다 진정한 마스터라 부를 수 있는 것은 아니라고 하였다. 물론 마스터가 되었으니 약속은 지킨 것이고 말했고 강서영과 만나는 것에도 이의는 없지만, 진정한 마스터가 되기 위해서는 초월의 영역에 들어갈 수 있어야 한다고 이야기 하였다.

그 이후로는 그 관련 수련을 하였는데, 오늘에서야 그 초월의 영역에 들어가 진정한 마스터가 되었던 것이었다.

'서영이 누나에게 이제 집중적인 수련은 끝났다고 말해야겠네. 후훗!'

마스터에 올랐다고 해도 수련을 중단 하는 것은 아니었다. 다만 지금처럼 집중적인 수련을 할 필요는 없기에 앞으로는 일반 연인들처럼 데이트도 하고 평범한 만남을 할 수 있을 것이었다. 그랬기에 최강훈의 얼굴에는 미소가 떠나지 않았다.

⁜

"흐흥~"

강서영은 무슨 기분 좋은 일이 있는지 그녀 자신도 모르게 콧노래가 흘러나왔다. 그녀의 콧노래 소리를 들은 옆자리의 진창식 과장이 파티션 너머로 그녀를 슬쩍 들여다보았다.

하지만 그가 본 강서영은 이번 주 내내 작업하던 신규 사업에 대한 검토보고서를 작성하고 있었다. 굳이 회사일로는 콧노래를 부를 만한 특별한 일이 없는 것이었다.

평소에 못 보던 강서영의 그런 모습에 궁금증이 생긴 진창식 과장은 그녀에게 슬쩍 물어보았다.

"강 대리, 무슨 좋은 일이 있어서 콧노래까지 부르는거야? 좋은 일이면 나도 같이 알자구. 나누면 두 배가 될지 아나? 허허허."

진창식 과장의 말에 강서영은 무의식중에 부르던 콧노래 인식하고 약간 당황했지만, 별일 아니라는 듯이 진창식 과장에서 말했다.

"아. 별거 아니에요. 남자친구가 좋은 일 있다고 맛있는 거 먹자고 해서요. 히히."

강서영은 아까 점심을 먹고나서 최강훈과 통화를 했는데, 최강훈이 상기된 목소리로 이제 집중적인 수련은 끝났다며 그 기념으로 퇴근 후에 만나서 저녁을 함께하자고 말했었다. 그 말이 그녀의 기분을 이렇게 좋게 만든 것이었다.

둘이 사귄지는 3개월이 되었지만 최강훈의 수련이 아직 완전히 끝나지 않았다고 해서, 제대로 된 데이트를 한 것은 손에 꼽을 정도였다.

3년 가까이 기다린 이후 사귄지 3개월도 채 되지 않은 상황에서 그런 말이 나온지라 불만이 없을 수는 없겠지만, 그녀는 인내심이 있었고 남자를 배려하는 법을 알고 있었다. 상대가 중요한 일이 있다면 집중할 수 있게 해줄만한 이해심도 있었다.

최강훈도 그런 상황이 미안했는지 실마리를 잡았다고 조금만 더 기다려주면 강민이 말하는 기준을 완전히 충족시킬 수 있을 것 같다는 이야기를 하며 그녀를 달랬었다. 사실 이미 마스터에 올라서 강민이 말한 기준을 충족 시켰으나, 그것은 최소 기준이었고 진정한 마스터에 올라야 완전한 인정을 받은 것이라 할 수 있었기 때문이었다.

오늘 최강훈의 이야기를 들어보니 그 잡았다던 실마리를 풀어서 성과를 얻은 것 같았다. 오랜만에 밖에서 데이트를 하는 것도 좋았지만, 이제 3년간의 결실이 완전히 맺어졌다고 생각하니 더 기분이 좋아서 콧노래까지 나왔던 것이었다.

그런 강서영의 반응에 진창식 과장은 부럽다는 표정으로 그녀에게 되물었다.

"이거 참 남자친구 생겼다고 너무 티내는 거 아냐, 강 대리?"

강서영은 3개월 전에 최강훈과 사귀면서 남자친구가 생겼다고 점심시간에 슬쩍 흘리듯이 말을 했었다. 그래서 남자친구를 언급하는데도 망설임은 없었다.

사실 모두에게 사랑받는 성격과 귀여운 외모 때문에, 신입사원 때부터 강서영은 남자 직원들에게 꽤 인기가 있었다. 진창식 과장도 그런 남자 사원들 중의 하나였기에 언감생심 잠시 그녀를 마음에 두기는 했지만, 10살이 넘게 차이가 나는 나이 때문에 그런 마음을 드러내지는 않았다.

물론 30대 후반, 당시에는 30대 중반의 진창식 과장은 아직 결혼 전이고 외모나 패션에도 관심이 있어서 그렇게 나이가 많아 보이지는 않았다. 키도 180센티미터 가까이 되었고, 안경을 쓴 외모도 지적으로 보이는 편이었다. 또한 한국대 경제학과를 나온 인재라 인기가 없는 것도 아니었다.

하지만 애초에 나이도 어리고 신입 때부터 이미 좋아하는 사람이 있다고 선을 그어 놓은 강서영에게 들이댈 만큼 경우가 없지는 않았다.

강서영은 신입사원 때부터 주변에서 들어오는 대쉬에, 곤란한 일을 만들지 않기 위해서 좋아하는 남자가 있다는 것을 밝혔다. 좋아하는 남자가 있는데 왜 만나지 않느냐는 말에 다만 3년간 공부를 하러가서, 다녀온 이후에 사귀기로 했다고 말해놓은 상태였다.

그녀의 그 말에, 사귀지도 않는 사이라면 틈이 있다고 본 몇몇 남자 직원들이 여전히 그녀에게 접근하기도 하였다.

하지만 그녀는 마음에 둔 사람이 있어 안 된다고 항상 철벽을 쳤기에 입사 후 1년 정도가 지나니 더 이상의 접근은 없었다. 다만 열녀라는 별명만 남았을 뿐이었다.

그리고 3개월 전 드디어 그 남자가 공부를 마치고 와서 사귀기로 했다고 부서에 슬쩍 알렸었고, 지금은 전 회사에서 열녀가 드디어 결실을 맺었다며 그녀를 축하해 주었다.

진창식의 말이 장난임을 알고 있는 강서영은 능청스럽게 맞대응 하였다.

"3년을 기다렸는데 이 정도 티는 낼 수 있지 않겠어요?"

"하긴 강 대리도 대단해, 사귀지도 않은 사이면서 3년이나 독수공방으로 기다렸으니 말이야. 그러니까 열녀라는 말이 나오지. 허허허."

"호호. 독수공방은 무슨 독수공방이에요. 3년간 회사에 적응한다고 저도 정신없었어요. 연애할 시간도 없을 정도로 말이에요."

"허참. 강 대리가 그렇게 말하면, 연애하는 신입사원들은 뭐가 되나?"

"아. 그런 건 아니구요. 비상경계 출신인 제가 업무 따라가려면 그 친구들보다 훨씬 노력해야 해서 그렇죠 뭐."

실제로 강서영은 경영이나 경제 쪽으로는 많은 지식이

없어서 1, 2년차일 때는 회사에 남아서 따로 공부를 할 정도로 업무연찬에 노력을 쏟았다. 강민은 그런 그녀에게 굳이 고생할 필요가 없다고 말을 했지만, 그녀는 일을 배우는 것이 재미있다면서 계속 할 것을 고집했었다.

진창식도 그녀의 그런 신입시절을 봤었기에 인정한다는 의미로 고개를 끄덕이며 말했다.

"어차피 신입으로 들어오면 회사에서는 다시 일을 가르쳐야 하는데, 강 대리가 열심히 하기는 했지. 그러니까 이 전략기획실에서 신입부터 3년이나 버텼지."

전략기획실은 그룹 내에서도 가장 힘이 있는 부서임과 동시에 능력이 안 되면 버티기조차 힘든 부서였다. 그래서 신입사원이 들어와도 능력을 인정받지 못하면, 아무것도 모르는 1년차일 때는 잡무처리를 하다 2년차가 되면 다른 곳으로 가는 경우가 많았다.

실제로 그녀 뒷 기수로 전략기획실에 들어온 신입사원 두 명은 팀 내에서 인정받지 못해서 1년을 채우고 다른 부서로 발령을 받고 말았다. 그렇기에 비상경계 출신인 강서영이 인정을 받고 3년째 이곳에 근무한다는 것은 대단한 일이었다.

"뭐, 저만 그런가요? 찬영이 오빠. 아니 장 대리도 3년째 하고 있잖아요."

"그렇긴 하지."

장찬영 또한 강서영과 마찬가지로 3년째 전략기획실에 있었는데, 초반에는 장태성 실장의 입김이 어느 정도는 작용하지 않았냐는 이야기가 많이 돌기는 하였다. 입사 때는 장태성의 성향상 그렇지 않을 것이라고 생각했지만, 부서 배치 정도는 영향력을 행사 할 만하다고 생각했기 때문이었다.

　　하지만 지금까지 같이 근무해 본 사람들은 알 수 있었다. 장태성의 입김이 있든 없든 장찬영의 업무능력은 뛰어나고, 충분히 전략기획실에서 근무할 만한 인재라는 사실을 말이다.

　　그래서 다른 팀에서는 아직도 그런 말이 나올지 몰라도 기획실내에서는 그런 말은 없었다.

　　강서영의 뒤쪽 파티션에 앉아있던 장찬영은 자신의 이름이 나오자 그쪽을 돌아보며 말했다.

　　"진 과장님, 제 이야기 하고 계신거지요? 어쩐지 아까부터 귀가 가렵더라니. 하하."

　　"이거 장 대리도 양반은 못 되겠구만. 허허."

　　진 과장은 장찬영의 너스레를 받아치며 같이 웃었다. 둘의 대화에 끼어 한참을 이야기하던 장찬영은 갑자기 생각났다는 듯이 강서영에게 말을 건냈다.

　　"아. 서영아. 세나가 시간되면 오늘 저녁 같이 먹자던데, 어때? 시간 괜찮아?"

"오늘은 안 돼. 강훈이가 저녁에 보자고 했거든. 이제 커플 사이에 안 끼어도 될 거야. 히히."

"안 낀다니? 설마?"

"그래, 강훈이 이제 공부 다 마쳤다고 했어. 지난 일 년 간 커플 데이트에 나 끼워준다고 고생 많았수~"

"그래? 축하한다. 너도 드디어 3년간 기다린 보람이 생기겠구나. 근데 진짜 만 3년을 채우네 채워. 너도 그 친구도 대단하다 대단해."

강서영은 대단하다는 말에 쑥스럽다는 듯이 말했다.

"대단하기는 뭐. 히히."

"여튼 너도 이제 남자친구 만난다고 하니, 이제 방해꾼 없이 우리끼리 데이트 할 수 있겠네. 하하."

방해꾼이라는 말이 걸렸는지 강서영은 장찬영에게 장난스레 말했다.

"뭐야? 진짜 방해꾼으로 생각한 거야? 세나한테 물어봐야겠다!"

"야~ 농담이지 농담~ 세나한테 말하지 말고~"

장찬영과 김세나는 유명한 사내 커플이었다. 전략기획실장의 아들과 평범한 사원의 결합이라 유명해졌다기 보다는 둘이 만나는 과정 때문에 더 유명해졌었다.

처음 장찬영은 강서영을 마음에 두고 있었으나, 부서 배치 이후 강서영이 좋아하는 남자가 있다는 사실을 알고는 깨끗이 마음을 접었다. 마음에 둔 사람이 있는 여성에게 접근해봤자 서로가 힘들어진다는 것을 잘 알고 있기 때문이었다. 단순 호감이었지 아직 마음에 둔 상태까지는 아니었기에 가능한 행동이었다.

그래도 같은 부서에 근무하면서 서로 친해졌는데, 함께 업무에 대한 공부를 하며 저녁 식사를 같이 하는 일도 잦았다. 그 때마다 강서영의 절친인 김세나도 함께하는 경우가 많았다. 다른 부서이지만 같은 회사의 신입사원이고 같은 기수의 동기였기에 큰 어색함은 없었고, 자주 만나며 자연스럽게 김세나와도 친해졌던 것이었다.

이후로도 3명이서 같이 다니는 일이 많이 있었는데, 장찬영은 점점 김세나에게 여자로서의 매력을 느끼다가 입사 후 1년 만에 고백을 했다. 장찬영의 판단에는 김세나도 자신에게 호감은 갖고 있다고 생각했기 때문이었다. 고백을 들은 김세나는 뜻밖이라 생각했는지 시간을 좀 달라고 했었다.

그 때는 이미 장찬영이 장태성 실장의 아들인 것이 암암리에 다 알려져 있었기에 김세나 역시 그 사실을 알고 있었다. 그래서 장찬영이 그녀에게 고백했다는 이야기를 들은 모두가 김세나가 당연히 그 고백을 받아들일 것이라 생각했다.

하지만 김세나는 고민 끝에 결국 장찬영의 고백을 거

절했었다. 어머니의 이혼 때문에 남자에 대한 트라우마가 있던 김세나는 아직 그것을 극복하지 못했는지, 그녀 역시 장찬영에게 호감이 있었지만 그를 밀어냈던 것이었다.

당연히 모두가 놀랄 수밖에 없었다. 조건도 변변치 않은 김세나가 그룹 이인자의 아들이자 우수한 신랑감인 장찬영의 고백을 거절했다는 것이 믿어지지가 않았다.

장찬영은 서로 호감이 있다고 생각해서 고백했는데 뜻밖의 거절을 당하자 약간 당황했지만, 사람 마음은 역시 모르는 것이라 생각하며 깔끔히 포기하려 하였다. 이미 1년이라는 시간을 함께 했는데 그래도 자신을 마음에 들지 않았다면, 사귀려고 계속 노력한다는 것은 의미가 없다고 판단했기 때문이었다.

그 때 둘 사이를 이어준 사람이 강서영이었다. 강서영이 둘 사이의 관계를 아쉬워하여 장찬영에게 자신만이 아는 김세나의 상황을 말해줬던 것이었다.

그녀는 김세나가 장찬영을 좋아하면서도 어머니의 일 때문에 남자에 대한 트라우마가 있어 그를 밀어낸 것이라고 조금만 노력을 해달라고 하였다.

그녀의 이야기를 들은 장찬영은 김세나가 자신을 싫어하는 것이 아니라면 해볼만하다고 판단하여 거의 1년간을 그녀의 트라우마를 풀어주기 위해 노력하였다. 그리하여 결국 1년만에 그녀의 마음을 치유하며 고백에 대한 승낙을 얻어냈던 것이었다. 이러니 회사에서 이 커플이 유명해지지 않을 수 없는 일이었다.

이후 김세나는 장찬영과의 데이트에 강서영을 자주 끼워 넣었다. 전까지는 세 명이서 다니다가 둘이 사귄다고 강서영만 혼자 다니게 할 수는 없다는 생각이었다.

그리고 둘이 사귀게 된 이유도 강서영의 노력 때문인 상황에서 그녀를 혼자 다니게 한다는 것은 해서는 안 되는 일이라고 생각하기도 하였다.

강서영은 처음에는 부담스럽다고 싫다고 하였지만, 김세나가 그렇게 안하면 자신이 불편해서 안 되겠다며 강권하여 어쩔 수 없이 종종 그들의 데이트에 함께 했었다.

장찬영이 말하는 방해꾼은 그런 의미였다. 물론 장찬영도 김세나와 강서영 사이를 알고 있고, 둘이 만나는데 결정적인 강서영의 역할을 알고 있기에 큰 불만은 없었다. 하지만, 당연히 세 명이서 보는 것 보다는 둘이 보는 것이 좋았기에 농담반 진담반으로 방해꾼 이야기를 했던 것이었다.

둘의 이야기를 듣던 진창식 과장도 옆에서 한마디를 거들며 강서영을 공격했다.

"여튼 3년의 결실을 맺었다니 부럽네, 부러워. 이거 애인 없는 사람은 서러워서 살겠나?"

그런 진창식의 말에 강서영은 빙그레 웃으며 그의 말을 받아쳤다.

"부러우시면 과장님도 얼른 여자친구도 만드세요~ 아. 그때 그 소개팅은 어떻게 됐어요?"

"아… 그…그게….”

"에이~ 또 그러셨나보네. 진 과장님은 눈 좀 낮추셔야겠어요. 그래도 최 대리님이 신경써서 해줬다던데. 또 이렇게 끝난 거 보면 말이에요.”

"아. 그게 아니고. 그 여성분이 내가 별로 마음에 안드신 것 같아서….”

"에~ 제가 듣기에는 과장님이 연락도 잘 안 받아 주셨다고 하던데요? 대답도 뜸하게 하고. 아닌가요?"

강서영의 추궁에 진창식은 속삭이는 말로 작게 이야기했다.

"그… 그래. 내 스타일이 아니었어. 강 대리, 최 대리한테는 비밀로 해줘. 내 입장이 곤란해지니까 말이야.”

진창식의 속삭이는 말투에 강서영 역시 낮은 목소리로 대답하였다.

"네, 과장님. 비밀 지켜 드릴게요. 히히.”

강서영과 학과는 다르지만 같은 대학교 선배인 진창식 과장은 신입사원으로 들어온 강서영을 잘 챙겨 주었다. 물론 처음에는 남자로서의 호감이었지만, 좋아하는 사람이 있다는 것을 알고, 남자로서의 호감은 접었지만 선배로서의 호의는 계속 되었다.

그래서 이런 장난 섞인 사적인 이야기에도 어색할만한 사이는 아니었다. 물론 진창식 과장은 강서영이 강민의 동생인 것은 모르고 있었다.

현재 회사에서 강서영이 강민의 동생인 것을 아는 사람은 강민과 유리엘을 제외하면 단 네 명밖에는 없었다. 그 네 명은 장태성 기획실장, 이현수 인사팀장, 비서실의 이진욱 과장 그리고 김세나였다.

장태성 실장과 이현수 팀장은 강서영을 입사시키기 위해서는 당연히 알아야 하는 입장이었고, 이진욱 과장은 몇 년전 한경련 총회에서 강서영을 직접 보았기에 비밀로 하기는 힘든 상황이어서 알리게 된 경우였다. 김세나는 두말 할 것도 없이 전부터 알고 있던 상황이었다. 네 명 모두 강민의 지시에 의해서 입단속이 된 상태였다.

그 네 명을 제외하고는 그 사실을 아무도 몰랐다. 심지어 장태성은 자신의 아들인 장찬영에게도 그 사실을 알리지 않았다.

강민이 당분간 강서영이 자신의 동생인 것을 감추고 회사를 다니게 하고 싶다고 장태성에게 부탁을 하였고, 고지식한 장태성은 보안을 위해서 자신의 아들에게도 알리지 않았던 것이었다.

김세나 역시 장찬영과 사귀면서도 강서영의 이야기는 하지 않았다. 그녀 역시 강서영이 강민의 동생임이 알려진다면 그녀와 함께 근무하기는 힘들다는 것을 알고 있었기 때문이었다.

물론 장찬영을 믿지만 비밀이란 아는 사람이 적을수록 좋았고, 그녀와 같은 부서에서 근무하는 장찬영이 불편해지는 것도 원치 않았기 때문에 그에게 조차 알리지 않았다.

반면 초반에 정보통제를 제대로 하지 못한 장찬영은 모두가 장태성의 아들인 것을 알고 있었다. 하지만 이미 회사 임직원들은 장태성이 원칙주의자인 것을 알고 있기에 장찬영이 장태성의 빽으로 들어왔다는 생각은 하지 않았다.

뭐 그렇다 하더라도 장찬영을 일반 신입 사원 다루듯이 함부로 다룰지는 않았다. 장태성이 별 말을 하지 않더라도 그룹의 2인자인 장태성의 눈치가 보이는 것은 어쩔 수 없는 부분이었다.

띠리링~ 띠리링~

한창 세 명이서 이야기를 나누고 있을 때, 강서영의 자리에 전화벨 소리가 울렸다. 강서영이 전화를 들기 전에 모니터의 액정을 살펴 누구의 전화인지 확인해 보니 직속 상관인 장태성 실장이었다.

"어? 실장님이시네. 무슨 일이시지?"

이미 5시 반이 넘어 퇴근까지 한 시간도 채 남지 않은 상황이고, 현안 사안은 이미 오전에 보고를 했기 때문에, 자신을 찾을 일이 별로 없다고 생각했기에 강서영은 의아해 하며 전화를 받았다.

"네, 실장님. 강서영 대리입니다."

[강 대리, 자리에 있었네요. 잠시 실장실로 와주시겠어요?]

"네. 알겠습니다."

강서영은 오늘 데이트를 기대하며 퇴근만을 기다리고 있었는데 뜻밖에 장태성이 자신을 찾아 약간 놀라며 업무용 수첩을 들고 실장실로 들어갔다.

실장실의 비서도 이미 언질을 들었는지 강서영이 오자 내부 인터폰을 통해서 그녀가 왔음을 알렸고, 바로 그녀를 안으로 들여보냈다.

❖

실장실에는 장태성 실장 외에도 김강숙 차장과 한민호 대리가 함께 앉아 있었는데, 회의용 테이블에 이런 저런 서류들이 흩어져있는 걸로 보아서는 한창 회의가 진행 중이었던 것 같았다.

"아. 강 대리 왔어요? 여기 앉아요."

강서영이 자리에 앉자, 장태성 실장은 다짜고짜 그녀에게 물었다.

"강 대리 다음 주에 바쁜 일정 있나요?"

장태성의 의도를 알 수는 없었으나 강서영은 빠르게 다음 주 일정을 생각해보았고 중요 일정들을 몇 가지 언급했다.

"이번에 엔터테인먼트 사업 신규 진출 건에 대해서 검토 중인데, 다음 주 중에 엔터테인먼트 업체 3군데와 미팅이 예정되어 있습니다. 그것 외에는 지금 당장 바쁜 일은 없습니다."

"그렇죠. 강 대리가 엔터사업 건을 맡고 있었죠. 그것도 올해 진출 할 사업이긴 한데… 음… 어쩐다…."

장태성이 무언가 시킬것이 있는 뉘앙스를 풍기자 강서영이 먼저 물어보았다.

"실장님, 혹시 무슨 일인지 여쭈어보아도 되겠습니까?"

"아. 김강숙 차장이 헤이안 그룹 산하에 있던 스즈키 정밀 공업 인수를 추진하던 것은 알고 있죠?"

헤이안 그룹은 일본 최대 규모의 그룹이었었는데 몇 년 전에 대주주들 및 수뇌부 간의 갈등 때문에 계열 분리를 단행하여 지금은 네 개의 회사로 쪼개진 상태였다.

그 중 스즈키 그룹으로 분리 된 계열에서 헤이안 정밀 공업, 지금은 스즈키 정밀 공업을 시장에 매물로 내어놓았는데, KM그룹에서 그 회사의 인수를 추진하고 있었다.

아무래도 정밀 기계 쪽은 국내 기업보다는 일본 기업의 실력이 나은 부분 많았기에 KM 정밀이 있었지만 스즈키 정밀 기계를 인수하여 시너지를 낼 계획이었다. 사실 스즈키 정밀의 규모가 KM 정밀보다 월등히 크기에 인수한다면 스즈키 정밀을 중심으로 그룹 내 정밀기계 산업을 재편할 계획에도 있었다. 그리고 김강숙 차장이 그 담당자였다.

지난 3년간 KM그룹은 극적인 성장을 하였다. 다각적인 신규사업 진출 및 M&A, 그리고 기존 사업의 과감한 투자로, 현재는 자산규모 순위로 치면 백산과 현승에 이어 재계서열 3위의 자리까지 올라온 상태였다.

이러한 급격한 성장은 강민의 과감한 자금투자를 기반으로 하여, 우량 사업과 기업을 발굴하는 장태성의 사업안목과 적재적소 있는 인재들의 노력들이 함께 어우러진 결과였다.

김강숙 차장과 같은 부서인 강서영은 김강숙이 하는 일을 그녀 역시 알고 있었기 때문에 자연스레 대답을 하였다.

"네. 알고 있습니다."

"알고 있다니 설명하기가 쉽겠군요. 그간 협상을 통해서 스즈키 그룹과는 어느 정도 이야기가 다 되었다고 생각했는데, 갑자기 현승 그룹에서 이 협상에 뛰어들었다는 정보를 입수했어요."

현승 그룹이라는 이야기에 강서영 역시 뜻밖이라는 표정을 지었다.

"현승은 이미 현승 테크가 정밀 기계 업계의 선두권에 있지 않습니까? 그런데 왜 중복 투자를 하려고 하는건지…."

아직 규모가 작은 KM 정밀에 비해서 현승 테크는 업계 선두권의 정밀기계 업체였다. 그렇기에 비슷한 규모의 스즈키 정밀을 인수할 이유가 전혀 없었다. 그녀가 의문을 가질 만 하였다.

"우리도 그 이유를 알아보려 노력했지만, 그룹 고위층의 결정이라는 정보밖에 입수하지 못했네요. 그래서 담당자였던 김 차장을 보내서 스즈키 그룹의 현장의 분위기를 살펴 가능하다면 협상을 빨리 마무리 지으려고 합니다."

"그런데 저는 왜…?"

"강 대리도 알다시피 최근 한민호 대리가 계단에서 낙상하여 오른쪽 어깨를 다치지 않았습니까? 왼쪽 다리도 좀 불편한 상황이고. 이런 상황에서 김 차장을 서포트 하기가 힘들겠지요. 그래서 김 차장을 서포트 하며 같이 움직일 사람을 찾다보니 강 대리가 생각나서 부르게 된 겁니다. 부서에서 강 대리처럼 일본어를 잘하는 사람도 몇 명 없잖아요?"

"아⋯."

그제서야 강서영은 장태성이 자신을 부른 이유를 알 수 있었다. 자신을 한민호의 대타로 일본에 보낼 계획이었던 것이었다.

강서영은 과가 불문과여서 불어로는 상당한 의사소통이 가능했고, 그 외는 영어도 어느 정도는 할 수 있었지만 사실 일본어는 잘하지 못하였다.

그러나 유리엘이 전에 만들어 준 마법기에는 통역마법 또한 들어있었기에 언어에 문제를 겪은 적은 없었다. 그래서 회사에서도 일본 클라이언트가 방문하였을 때 통역을 맡은 경험도 있었다. 따라서 사내에서는 그녀가 일본어도 잘 한다고 알고 있었다.

"그리고 어차피 김 차장과 강 대리가 우리 실에 단 둘 있는 여자 직원이지 않나요? 한 대리가 괜찮으면 당연히 업무를 같이한 한 대리가 가야겠지만, 어차피 해당 업무를 잘 모르는 사람을 보낼거면 같은 여직원이 더 편할 것 같아서 말이죠."

지금 전략기획실의 현원이 12명인데 여자 직원은 비서를 제외하면, 여기 김강숙 차장과 자신 둘뿐이었다. 비서는 소속 또한 전략기획실이 아니었기에 실제로도 여자 직원은 두 명 뿐이라 할 수 있었다.

　장태성의 말처럼 여태껏 한민호가 서포트를 해왔었기에 그가 가는 것이 당연했지만, 지금 상태라면 서포트는 커녕 짐이 될 판이었다. 그래서 일본어에 능통하고 같은 여자 직원인 강서영을 부른 것이었다.

　사실 엔터사와의 약속은 한주정도 미룬다고 큰 일이 나는 것은 아니었다. 하지만 오늘 최강훈이 수련이 끝나서 데이트 할 생각에 부풀어있는 강서영에게는 다소 김빠지는 일이었다. 그러나 회사일이라는 것이 마음대로 되는 것도 아니었기에 강서영은 흔쾌히 고개를 끄덕이며 대답하였다.

　"실장님 말씀 알겠습니다. 엔터사와의 약속은 한주 미루도록 하겠습니다. 일정이 어떻게 되는지요?"

　서영이 간다고 하자 김강숙 차장이 말을 받았다.

　"서영씨, 아니 강 대리가 간다면 나도 편하지요. 일단 다음 주 화요일에 출발해서 금요일에 돌아오는 일정이에요. 오늘 금요일이라 이런 지시하기는 미안한데, 디테일하게는 아니더라도 출발하기 전에 스즈키사와 협상했던 내용들에 대해서 숙지를 해주세요. 그래야 인수에 대한 서포트가 가능 할 거니 말이에요."

"네. 알겠습니다. 차장님.

이야기가 잘 풀린 것 같자 장태성이 웃으며 회의를 마쳤
다.

"그럼 이렇게 정리한 것으로 합시다. 김 차장은 일본에
서도 특이사항이 발생하면 바로바로 보고해 주세요. 합의
가 되면 바로 우리 쪽에서는 제반인수 절차 진행 할테니
말이에요."

"네. 알겠습니다. 실장님."

다 일어서서 나가려는데 장태성이 강서영을 다시 불렀
다.

"아. 강 대리는 잠깐 남아줘요. 따로 할 말 있으니."

이윽고 김강숙과 한민호가 나가고 실장실에는 장태성과
강서영만 남게 되었다. 둘만 남으니 장태성의 카리스마 있
던 표정에 온화한 미소가 감돌았다.

"강 대리, 아니 서영 아가씨는 요즘 힘든 일 없는가요?"

아가씨라는 말에 강서영은 손사레를 치며 말했다.

"아가씨라뇨. 그냥 강 대리라고 해주세요. 여긴 회산데
말이에요."

"그럼 호칭은 강 대리라고 하지요. 허허. 여튼 회장님께
서 강 대리 이야기 많이 합니다. 힘들어 하는 것 같으면 언
제든지 그만 두게 하려고 하시더군요."

"그래요? 집에서는 전혀 그런 이야기를 안 해서…."

"저도 처음에는 1년도 버티지 못하고 나가지 않겠나하고 생각했는데 벌써 3년이 지났네요."

"실장님도 제가 버티지 못할 꺼라 생각하셨나 봐요? 호호호."

장태성은 처음에 신입사원으로 강서영이 들어오는 것에 의아해 하였다. 재벌의 가족이 회사에서 높은 자리로 들어오는 경우는 많아도 신입사원으로 들어오는 경우는 없었기 때문이다.

중소기업의 사장은 자식들이 밑에서부터 업무를 배우도록 하기 위해서 일반 직원부터 시작하게 하는 경우도 있다 하였지만, 대기업은 달랐다.

대기업의 경우는 워낙에 큰 조직이고 사업이었기 때문에 밑에서부터 배운다 하더라도 전체의 일부분 밖에는 알 수 없었다. 그래서 밑에서부터 시작하는 의미가 적었다.

그랬기에 대부분의 재벌 가족들은 정책을 결정하는 위치에 바로 내려오지, 밑에서부터 업무를 하지는 않았다.

그리고 높은 자리로 갈 수 있는 그녀가 밑에서 시작한다 하더라도, 조금만 힘든 일이 있으면 그만두고 자신이 가려고 했던 높은 자리로 갈 것이라 생각했었다. 일반 직장인이야 먹고 살기위해서는 더럽고 힘든 일이 있어도 참아야

했지만, 그녀는 그럴 필요가 없기 때문이었다.

장태성은 그 말을 강민에게도 하였고, 이미 강민도 그런 사실을 알고 있었다. 하지만 강민은 그녀가 원하는 일을 하게 해주고 싶었다. 애초에 회사를 세운 이유가 그녀가 원하는 일을 하게 하려고 만든 것이었는데, 일반 직원으로 있고 싶어 하는 것을 들어주는 것이 뭐가 대수겠는가.

그래서 강민은 장태성 실장에게 지시를 하여 강서영이 원하는 것을 할 수 있도록 하게끔 하였다. 이런 강서영의 상황을 들은 장태성은 생각 끝에 나중에 고위직으로 올라 갔을 때 정책적, 사업적 판단에 도움을 줄 수 있는 경력을 쌓을 수 있는 전략기획실로 그녀를 배치하는 것을 강민에게 권유하였다. 그리고 강민이 그 권유를 받아들여 결국 강서영이 이곳으로 오게 된 것이었다.

전략기획실에서는 신규사업의 참여, 회사 간의 업무영 역 조절, 기존 사업에 대한 투자 확장 등 그나마 그녀가 나중에 높은 자리에 가더라도 쓸 수 있는 지식을 배울 수 있기 때문이었다.

나중에 거대 복지재단을 운영하여야 하는 강서영의 입장에서는 이런 전략기획실의 업무경험이 다른 자리에 있는 것에 비해 도움이 될 수 있을 것이었다.

"뭐 처음엔 그랬지요. 그렇지만 강 대리 일하는 것을 보고 얼마 지나지 않아 그런 생각은 하지 않았습니다. 다른 직원들의 평판도 그렇고. 그런데 힘들지는 않던가요? 아무래도 새로 일을 배운다는 것이 쉬운 일은 아닐 건데 말이에요."

"처음에는 생소한 분야라 좀 힘들었던 것은 사실이에요. 실장님 말씀처럼 처음으로 일을 해보는 거라 실수도 많았는데, 그래도 다들 업무에 대해서 잘 가르쳐주시고 일상생활에서도 잘 대해주셔서 그렇게 힘든 것도 몰랐어요."

다른 부서는 몰라도 전략기획실은 강민도 가끔 내려와서 보는 부서였기에 나쁜 성향의 사람은 없었다. 특히 강서영이 들어온 이후로는 전략기획실의 인사이동은 강민이 직접 챙겼기에 그런 사람이 들어올 여지도 없었다.

비록 강서영 스스로가 원해서 일반 직원으로 근무한다 하더라도, 군이 질 나쁜 사람들에게 안 좋은 대우를 받으며 업무 외적인 스트레스를 받을 필요는 없다고 강민이 생각했기 때문이었다. 물론 그런 배려는 강서영은 모르고 있었다.

"그렇다면 다행이네요. 그런데 이번 일본 출장 괜찮겠어요? 아까 표정을 보니 다른 일이 있던 것 같던데 말이에요. 혹시 집에 다른 일 있으면 군이 안가도 됩니다."

일본 출장 이야기에 잠시 강서영의 표정이 안 좋아졌던 것을 알아챈 장태성은 그녀에게 물었다. 부하직원이기도 하였지만 회장의 동생인 그녀에게 원치 않은 일을 시키고 싶지는 않았기 때문이었다.

"아니에요. 저도 회사의 직원인데 회사에 필요한 일을 해야지요. 저는 괜찮습니다."

"그래요. 회사에서 곤란한 일 있으면 말해주세요. 웬만하면 다 반영하겠습니다. 하긴 강 회장님께 직접 말씀 하시는게 더 나을 수도 있겠네요. 허허허."

장태성의 말에 강서영은 곤란하다는 표정을 지었다. 사실 3년간 그녀가 회사에 근무하면서 아직 한번도 강민에게 뭔가를 부탁해 본적은 없었기 때문이었다. 하지만 장태성 역시 농담처럼 말했기에, 그녀가 오해라고 항변할 필요는 없었다.

"여튼 우리 전략기획실의 재원인 강 대리 앞으로도 잘 부탁 합니다."

"아니에요. 실장님 오히려 제가 잘 부탁 드려야지요."

"그리고 언제든 준비가 되었다고 생각되면, 이사장으로 가기 전에 저한테도 사전에 이야기 해주세요. 대체 인원을 뽑아야 하니 말이에요."

장태성 역시 강서영의 자리가 마련되어 있다는 것을 알고 있기에 자연스레 이야기를 꺼내었다.

"네. 알겠습니다. 실장님."

✤

　"그럼 서영이가 김강숙 차장과 같이 일본을 가게 되는 것인가요?"

　"네, 그렇습니다. 회장님."

　"흐음….."

　장태성 실장은 오늘 있었던 중요한 일에 대해서 보고를 하기 위해 회장실로 올라왔고, 당연히 강서영의 일본 출장에 대해서도 강민에게 보고를 하였다.

　그런데 강서영이 일본 출장 건에 관하여 보고를 받은 강민이 뭔가 생각하는 기색을 보이자 장태성 실장은 조심스레 강민에게 다시 물었다.

　"만약 회장님께서 탐탁지 않으시면 다른 직원을 찾아보겠습니다."

　"아닙니다. 서영이를 보내는 것으로 하죠. 대신 경호인원을 몇 명 동행시키도록 하겠습니다."

　일반 직원들이 출장을 갈 때는 한번도 경호인원이 같이 간적은 없었으나, 회장의 동생이다 보니 장태성도 이해가 갔다. 특히 과거에 납치 경험까지 있는 강서영이다보니 강민의 조치가 그렇게 과하게는 생각되지 않았다.

　"네, 알겠습니다. 회장님. 그럼 KM 가드 쪽으로 별도 지시하도록 하겠습니다."

"아니에요. 제가 관리하는 스페셜팀에서 차출하여 동행시킬 것이니 실장님이 따로 지시 안 해도 될 겁니다."

KM 가드에서도 스페셜팀은 회장의 직속 조직으로 KM 가드 사장조차 강민의 허락을 얻지 않으면 운용할 수 없는 조직이었다.

이제껏 스페셜팀의 실적을 생각해본 장태성은 내심 고개를 끄덕이며 대답하였다.

"알겠습니다. 일단 김강숙 차장에게 경호팀이 함께한다고 전달하도록 하겠습니다."

장태성이 보고를 마치고 나가자 강민이 유리엘에게 물어보았다.

"유리, 일본상황은 어때? 아직도 시끄럽지?"

강민의 물음에 유리엘은 잠시 집중하는 듯하더니 이내 대답을 하였다.

"네, 여전히 시끄럽네요. 지금도 10군데가 넘는 곳에서 이능력자들 간의 전투가 벌어지고 있네요."

"여전히 그렇군. 이능력자들과 엮일 수도 있으니 말론 도에게 이야기해서 인원 좀 차출해야겠어. 마법기 때문에 서영이가 위험할 일은 없겠지만 그래도 혹시 불안해 할 수도 있으니 말야."

정시아의 클랜이 KM 가드의 스페셜팀이 되었기에 처음 스페셜팀을 맡은 사람은 정시아였다. 하지만 여고생 정도에 불과한 그녀의 외모가 한 팀의 팀장을 맡기에 상당한 위화감을 주었고, 정시아 또한 스페셜팀으로 함께하지 않고 강민의 본가에서 3년간 별도의 수련을 하였기에 지금 스페셜팀은 자연스레 말론도가 맡고 있었다. 애초에 말론도도 클랜원들에게 신망이 있었기에 그가 팀장이 되는 것에는 아무런 문제가 없었다.

그리고 스페셜팀 역시 놀고 있었던 것은 아니었기에 현재 스페셜팀의 멤버들은 3년전에 비해서 능력등급 기준으로 대부분 한 단계 정도씩은 성장한 상태였다. 말론도 역시 A등급에 들어선 상태였다.

"그래요, 전에 납치 때도 그랬는데 괜히 사건 생겨서 트라우마 생기게 할 필요는 없죠. 말론도 정도면 충분히 상황에 대처할 수 있을 거에요."

강민도 그 문제는 크게 생각하지 않고 있는지 고개를 끄덕이며 말했다.

"그렇겠지. 그건 그렇고 역시 마나위성을 갖춰 놓으니 좀 편하네."

"그러게요. 마나위성이 없었다면 일일이 집중해서 스캔해야하니 시간도 많이 걸리고 마나소비도 많은데 이게 있으니 바로 바로 알 수 있네요."

"그런데 예상보다 빨리 설치했네? 보통은 5년 정도는 걸리지 않았어?"

"여기는 대기권 밖에 여기에서 보낸 부유물이 많아서 더 편하게 작업할 수 있었네요. 그래도 꽤 걸리긴 했어요."

"뭐 전체 설치까지 3년도 채 걸리지 않았으면 다른 곳에서 보다 훨씬 빠른 것 아냐?"

"그렇긴 한데, 나는 2년이면 충분 할 거라 생각했거든요. 이 정도로 조그만 별 크기에 기존의 부유물을 활용해서 마나 위성을 만드는 거니까 말이에요."

"그래? 그런데 왜 그렇게 오래 걸린 거야?"

"차원 자체가 흐름의 변곡점에 들어와 있어서 마나장이 너무 불안정해서요. 그래서 평소보다 단위면적당 위성을 두 배나 많이 띄웠는데도, 성능은 저번 차원 보다 못하네요. 전반적으로 노이즈도 많이 생기고, 마나 흐름이 격렬한 곳은 사각지대도 군데군데 발생하구요."

"그렇군."

"그리고 부유물의 파편들이 너무 많아 전과는 달리 강화된 방어마법진도 별도로 설치해야해서 좀 더 시간이 걸렸네요."

지난 3년간 강민과 유리엘 또한 놀고 있었던 것은 아니었다. 귀환 후 초반의 2년이야 이 세계에 적응하는 데 많은 시간을 보냈지만, 회사도 안정권에 들어가고 가족들의 생활도 나아진 상황에서 강민과 유리엘은 이후를 준비했었다.

마나위성의 설치는 그 준비 중의 하나였다. 이제껏 차원이동을 하면서 그때마다 가장 아쉬웠던 부분이 정보였다. 무력의 부족함을 느낀 적은 단 한 번도 없었지만, 정보의 부족함을 느낀 적은 꽤나 많이 있었기 때문이었다.

물론 결국에는 무력으로 해결되지 않는 일은 거의 없었으나, 정보가 있다면 좀 더 편하게 움직일 수 있는 것은 당연한 말이었다.

그래서 그 정보를 얻기 위해 차원이동의 초반에는 기존의 정보조직을 흡수하는 방법들을 많이 사용하였다. 도둑길드나 암살자길드 등을 흡수하면 수하를 만드는 것까지 해결되는 일석이조의 방법이었다.

하지만 대부분의 정보조직은 뒷배경이 있는 경우가 많았고, 보통 그 배경은 그 차원의 지배계층인 경우가 많았다. 그래서 그런 정보조직들을 흡수하는 것만으로도 지배계층과 적대적 관계가 되어버렸다.

그들을 쓸어버리는 것은 어렵지 않았다. 실제로 그렇게 한 경우도 많았다. 하지만 그렇게 한다면 조용하게 지내려는 차원에서조차 정보 때문에 정작 조용히 지낸다는 목적을 달성하지 못하게 되어버리는 문제가 있었다.

그래서 차원을 이동하고 나면 차원에서의 행동양식에 따라서 정보를 획득할 수 있는 방법을 찾는 일을 달리하였고, 몇 십번의 차원이동 끝에 마나위성을 통한 정보획득이 가장 효율적이고 우수한 방법임을 알 수 있었다. 마나 위성을 띄우면 행성 전체를 커버 할 수 있는 정보력을 가질 수 있게 되기 때문이었다.

마나위성을 통한 정보의 획득에는 그 준비기간이 다소 오래 걸린다는 단점이 있었지만, 시간에 구애받지 않는 강민과 유리엘은 마나위성의 방법을 선호하였다.

물론 은둔을 하거나 유희를 즐기는 차원에서는 전 차원적인 정보의 획득은 필요 없었기 때문에 마나위성까지 띄우지는 않았지만, 오래 머무를 것이라고 판단되는 차원이나 지배가 필요한 차원에서는 마나 위성을 띄워서 정보를 획득하였다.

이번에도 정보의 필요성을 느끼고 마나위성을 준비하였는데 유리엘의 말처럼 평소보다는 쉽게 작업을 하였다.

보통 마나위성을 만들 때 시간이 드는 부분 중의 하나가 마나위성의 본체를 제작하여 우주공간으로 띄우는 부분이었다.

유리엘이 현재 만드는 마나위성은 마법기와는 달리 별도의 코어가 필요하지 않았다. 그 이유는 마나유도 마법진을 통하여 마나장에서 직접 마나위성의 동력을 받을 수 있기 때문이었다. 일반 인공위성이 태양광을 통한 태양전지를 사용하는 것과 비슷한 방식이었다.

다만 문제는 마나위성이 제대로 작동하기 위해서는 위

성의 본체를 지상에서 대기권을 통과시켜 우주공간으로 보내야 한다는 부분이었다. 그렇게 해야 마나위성이 마나장 인력(引力)의 영향을 받아 마나장을 따라 움직일 수 있었고, 마나유도 마법진 또한 사용이 가능했기 때문이었다. 즉, 마나장을 직접 통과해야 마나장의 인력이 작용하는 것이었다.

사실 마나위성의 프로토 타입(prototype)은 현재 방식과는 달랐다. 오히려 마법기에 가까운 방식으로 마나코어를 사용하여 마나위성을 만들었었다.

그리고 이 방법으로 만든 마나위성은 굳이 대기권을 통과할 필요는 없었다. 유리엘이 아공간에 넣어서 우주공간으로 나간 뒤 행성의 마나장에 띄우면 되었기 때문이었다.

다만 이 방식은 마나장의 영향을 직접 받는 것이 아니었기에 마나장의 인력으로 마나위성이 움직이는 것이 아니라 유리엘이 계산해 놓은 궤도에 따라서 움직였다. 그랬기에 마나장의 갑작스러운 변동이 발생하는 경우에는 궤도가 흐트러질 가능성도 있었다.

또한 5입방미터 정도 크기의 마나위성을 움직일 마나코어의 제작은 유리엘에게도 쉬운 일은 아니었다. 꽤나 힘이 들어가는 일이었기에 전 행성을 커버하는 위성을 만들기 위해서 상당한 시간이 걸렸다.

그래서 찾은 방법이 이 마나장의 인력을 이용하는 현재의 마나위성 방식이었다. 이 방식의 문제는 대기권의 마찰열을 견딜 마나위성의 소재를 만드는 것이었는데, 그것은 유리엘이 기존 금속의 압축을 통해서 만들어 내었다. 그렇게 만든 마나위성의 본체를 우주공간으로 쏘아 우주공간에서 마법진을 그려 마나 위성을 만들어 냈던 것이었다.

이 방법도 품이 들지 않는 것은 아니었지만, 최초의 방식에 비해서는 10배 이상의 효율을 가진 방식이었다.

그런데 이미 지구에서 쏘아진 인공위성의 부유물을 이용하면 마나위성의 본체를 쏘아올리는 과정이 생략되는 것이었다.

지금까지 인간들이 쏘아놓은 인공위성의 개수는 공식적으로는 만개가 되지 않겠지만, 비공식적인 것을 합치면 만개를 훌쩍 뛰어넘을 것이었다. 하지만 모든 인공위성이 사용중인 것은 아니었다.

과반수 이상의 인공위성은 수명이 다되거나 파손으로 인하여 사용할 수 없는 고장난 것들이었다. 유리엘은 이런 고장난 위성을 이용하여 마나 위성을 만들었다. 인간들이 올려 보낸 것이기는 하지만 대기권과 마나장을 통과해서 마나인력을 가지고 있었기 때문이었다.

물론 이런 위성들은 유리엘이 직접 만드는 것에 비하여 내구성은 좀 떨어졌다. 하지만 빠른 위성의 제작을 통해서

조기에 정보를 획득하기 위해 다소 내구도가 떨어지더라도 폐기된 인공위성을 활용하였다. 어차피 내구도가 떨어진다 해도 그녀가 펼친 방어 마법이면 웬만한 충격에 파손될 일은 없을 것이었다.

"여튼, 지금 일본 상황을 보니 그나마 규모를 유지하는 단체가 4군데인 것 같네요."

말과 함께 유리엘은 강민과 그녀의 전방에 홀로그램을 띄웠다. 홀로그램은 일본열도를 다양한 색으로 구분하여 각 지역별로 표현하고 있었다.

"음, 화면상으로 보니 도쿄 인근에서 한창 각축전이 벌어지는 것 같은데 저 파란색이 유니온 쪽이야?"

"네, 마나패턴이나 외모, 대화 등을 분석해보니 이쪽이 유니온에서 보낸 인물들 같아요. 그리고 대립하고 있는 붉은색 세력이 천왕가에서 지원하는 헤이안 세력, 저 위에 북해도 쪽의 세력은 나카타라는 인물을 중심으로 모인 다른 헤이안의 잔당 같네요."

유리엘의 말에 강민이 하단의 검은색 부분을 가르키며 물었다.

"그럼 저 오사카 쪽의 검은색 세력은 어디지?"

"전에 스티븐이 말한 벨리알이라는 뱀파이어 세력이더군요. 벨리알의 본진은 동유럽에 자리하고 있던데 지금은 본진을 제외하고는 일본에 가장 많이 모여 있어요."

"음. 이번 출장이 도쿄라고 했으니 이능력자 싸움에 엮일 가능성도 상당히 많겠네. 방비를 하긴 해야겠어."

"그러게요."

"그럼 말이 나온 김에 말론도에게 가보자."

딱~!

강민의 말에 유리엘이 손가락을 튕겼고, 어느새 둘의 모습은 사라져 있었다.

✣

파바박~!

방검복을 입은 세 명의 외국인이 최강훈을 향해 공격해 들어갔다. 연수 공격을 해본 경험이 많은지 그들의 공격은 겹치지 않고 최강훈의 빈 곳을 거의 동시에 노려갔다. 말로 표현하지는 않았지만 그들의 굳게 다문 입술에는 이번에는 기필코라는 의지가 엿보이는 듯하였다.

사실 이미 세 명의 외국인은 수차례 아니 수십차례 최강훈에게 공격을 하였지만, 유효타는 커녕 그를 맞추지도 못하였다. 그들이 행한 모든 공격을 최강훈이 피해냈기 때문이었다.

그래서 이번에는 눈빛 교환을 통해서 최강훈이 피할 곳이 없는 연수합격을 시도하였다. 빈틈없이 행해지는 이 공격은 최강훈에게 큰 피해는 주지 못할지언정 최소한 막기는 해야 하는 공격이었다.

하지만 최강훈은 전혀 당황한 표정이 아니었다. 자세히 보면 입가에 미약한 미소마저 띄고 있어 여전히 여유가 넘치고 있다는 것도 알 수 있었다.

아니나 다를까 최강훈은 이번에도 세 명의 공격을 막지도 않고 살짝 꿈틀거리며 다 피해버렸다. 만일 일반인이 이 모습을 본다면 최강훈의 몸이 엿가락처럼 변했다가 원상태로 돌아온 것처럼 보였을 것이었다.

최강훈을 공격한 그들 역시 최강훈의 모습이 마치 고무 인형처럼 마음대로 구부러지는 것처럼 보였다. 워낙 빠른 속도 때문에 일어난 착시현상이었다.

애초에 피할 공간이 없다고 생각해서 시도한 공격이었고, 그 공격을 막아낸다면 이어지는 연계기들을 생각하고 있던 세 명의 외국인에게는 당황한 기색이 역력히 나타났다. 그렇지만 그런 기색을 재빨리 지우고 다른 공격을 시도하려 하였다.

하지만 조금 늦었다. 그들이 공격을 시도하기도 전에 최강훈의 오른손이 아까 그의 상단을 공격했던 외국인의 오른쪽 옆구리에 닿았다.

펑~!

"윽~!"

최강훈의 손은 살짝 닿았지만 그 손에 담긴 내력이 만만치 않았는지 폭발음과 함께 외국인이 5미터 가량 날아가 버렸다.

손속에 사정을 두었는지, 아니면 방검복을 입고 있어서 그랬는지 날아간 남자는 큰 충격을 받지는 않은 듯 하였다. 그래서 곧 자세를 바로 잡았지만 다시 전면으로 뛰어들지는 않았다. 마치 패배를 인정한 느낌이었다.

동료가 나가떨어지는 것을 본 나머지 두 명은 재빨리 다음 공격을 감행했다. 그 중 한명의 눈동자가 붉게 물드는 것이 심상치 않은 공격임을 짐작하게 하였다.

"허어, 리키가 열 받긴 했나봐. 대련에서 진혈까지 깨우다니 말이야. 끝나고 나면 몸에도 상당히 부담이 될텐데 말이야. 자넷, 저 녀석 내일 일정 없어?"

최강훈과 세 명의 외국인의 대련을 보고 있던 말론도가 입을 열었고, 말론도의 말에 그의 옆에 서 있던 20대 후반 정도의 뿔테 안경을 쓴 금발의 백인 여성, 자넷이 손에 들고 있던 태블릿 PC를 조작하였다.

이내 리키의 일정을 파악했는지 자넷은 뿔테 안경의 테를 살짝 들어 올리며 안경을 고쳐 쓰더니 말론도에게 대답하였다.

"네, 팀장님. 주한 스페인 대사가 요청한 요인 경호도 이번 주 수요일부로 종료되어 일단 일정이 비어있는 상태입니다."

말론도가 팀장을 맡은지도 3년 가까이 되었기에, 지금 은 팀원들이 말론도를 팀장으로 부르는 것이 어색하지가 않았다.

일정이 없다는 말에 말론도는 역시 그렇지라는 표정으로 자넷에게 다시금 물었다.

"끄응… 어쩐지 무리한다 싶더니… 포션하고 혈액팩은 여분이 있지?"

"네. 충분히 준비되어 있습니다."

자넷에게 원하는 대답을 들은 말론도는 주위를 둘러보 았는데, 자신이 별도로 언급하지 않아도 팀원들은 하는 일 을 중지하고 이 대련을 진지한 눈으로 바라보고 있었다. 그런 팀원들에게 말론도는 노파심에 한마디 말을 덧붙였 다.

"다들 잘 지켜봐, 너희들이 그간 수련으로 강해졌다고 는 하나 저런 강자를 만나면 공격한번 못해보고 나가 떨어 지는 거야. 그러니까 수련의 강도를 낮출 생각은 하지 않 도록!"

별도의 대답은 없었지만 말론도는 내심 미소를 지었다. 지난 3년간 많이 강해졌다고 스스로 생각했던 팀원들의 콧대가 많이 낮아 질 것이기 때문이었다. 최강훈에게 대련 을 부탁하길 잘했다는 생각이 들었다.

이 곳은 KM 가드 스페셜팀의 연무장으로, KM 빌딩의 옥상을 개조하여 만든 공간이었다. 그래서 사방은 벽으로 둘러싸여 있었으나 천장은 독특하게 유리로 되어있어 하늘을 볼 수 있도록 제작되어 있었다.

지금도 10미터 높이의 유리천장 밖으로 하늘까지 보였는데, 유리 너머로 보이는 하늘은 저녁 시간이 다되어 가는지라 지금까지의 푸른빛을 잃고 어둑어둑해지고 있었다. 그리고 그 하늘 한편에는 때 이른 반달이 흐릿한 노란빛을 띠고 떠올라와 있었다.

유리천장 아래로는 여전히 최강훈과 두 명의 요원들간의 대련이 벌어지고 있었다. 이미 대결을 시작한지 한참이 지났기에 장내의 공기는 후끈 달아올라 있었다.

그 대련을 하며 연무장 곳곳으로 엄청난 충격들이 가해졌지만 건물에는 아무런 충격이 없었다. 유리엘이 펼쳐놓은 충격흡수 마법진이 모든 충격을 흡수해서 지하로 보내고 있었기 때문이었다.

한 명이 아웃되어 공격자가 세 명에서 두 명으로 줄어들었으나, 최강훈이 받는 압력은 세 명일 때 이상이었다. 진혈을 깨운 리키의 공세가 만만치 않았기 때문이었다. 그렇지만 최강훈은 여전히 여유가 있었다.

사실 이 정도 수준이라면 10명, 아니 지금 생각으로 100명도 상대할 수 있을 것 같았다. 능력차이가 너무 심하게 났기 때문이었다.

지금 두 명은 3년 전의 자신과 비등한 수준의 능력자였지만, 현재 최강훈은 그 때의 최강훈이 100명이 있어도 이길 수 없는 강자였다. 마스터의 경지는 그런 경지였다.

눈을 붉게 물들이고 한참 동안을 지속적으로 공격하였지만 아직도 리키는 최강훈에게 유효타 한번 넣지 못하고 있었다. 여전히 최강훈이 이리저리 피하고만 있었기 때문이었다.

차라리 처절한 공방을 주고 받는다면 이처럼 허탈하지는 않을 것이라는 생각이 들었지만, 다 자신의 실력이 모자라기 때문이라고 생각하니 최강훈에 대한 분노보다 스스로에 대한 분노가 더 치밀었다.

진혈을 깨운지 한참이나 지나서 점점 힘이 빠져가고 있다는 것을 느낀 리키는 마지막 공격을 해야 할 때가 왔음을 직감했다. 그래서 앤디와 한 차례 눈빛 교환 후 최강훈에게 크게 공격을 하여 엔디가 힘을 끌어올릴 시간을 벌어주기로 하였다.

이미 오랜 시간을 같이한 둘은 눈빛으로 서로가 원하는 것을 알 수 있었기에, 앤디 역시 리키의 생각대로 마지막 공격을 위해 신속히 진혈을 깨웠다.

물론 별도의 틈을 만들지 않는다고 해도, 최강훈이 그

사이를 노려서 공격하지는 않을 것이지만 대련도 일종의 전투였다. 상대가 공격하지 않을 것을 믿고 행동하는 것은 대련의 가치를 낮추는 일일 것이었다.

그 모습에 말론도는 머리를 짚고 중얼거렸다.

"이런, 앤디 녀석까지…."

진혈을 깨우는 것은 뱀파이어의 최후의 수단이었다. 진혈을 깨우고 나면 몸에 부담이 가기 때문에 깨운 시간에 비례하여 짧게는 몇 시간에서 길게는 몇 달까지 힘을 쓰지 못하는 경우가 많았다.

그렇기에 이런 대련에서 진혈까지 쓰는 것은 과한 행동이었다. 그만큼 최강훈이 그들의 승부욕을 자극했다고 할 수 있었다.

이제껏 슬쩍슬쩍 피하기만 하면서 공격이라고는 아까 전 자일을 아웃시킬 때 딱 한번 한 것이 전부였던 최강훈이었지만, 그는 본능적으로 알고 있었다. 이것이 마지막 공격임을.

그리고 그들을 승복시키기 위해서는 적어도 이 마지막 공격만은 피하기보다는 받아주는 것이 옳다는 것을 말이다.

최강훈의 결심을 알아차렸는지 리키는 피처럼 붉은 주먹을 최강훈의 복부를 향해 질러갔다. 온 힘을 다한 마지막 공격이라서 그런지 아까의 공격보다 족히 두 배는 빠른 속도의 공격이었다.

리키가 공격을 하며 최강훈의 시선을 끄는 동안, 마찬가지로 진혈을 깨운 앤디가 최강훈의 사각으로 움직였다. 앤디의 왼손에는 피처럼 붉은 손톱이 단도처럼 30센티미터가량 길게 뽑혀져 나와 있어 섬뜩한 느낌마저 주었는데, 그 날카로운 손톱이 최강훈의 사각에서 그의 뒷덜미를 향해 날아갔다.

콰앙~쾅~!

연무장이 실내가 아니라 실외였다면 흙먼지가 뿜어져 나왔을 정도로 강한 충격과 파열음이 대련의 중심에서 터져 나왔다. 그 중심에서 최강훈은 오른손으로는 리키의 주먹을, 왼손으로는 앤디의 손톱을 잡고 있었다.

리키의 주먹이야 그렇다 치더라도, 손에 아무런 장비도 없이 날카롭기 그지없는 자신의 손톱을 잡고도 피부에 생채기조차 나지 않는 것에 앤디는 놀랄 수밖에 없었다.

둘 뿐만이 아니라 연무장에 있던 모두의 시선이 그 세 명에게 집중되었다. 이미 대련의 시작부터 모든 팀원들이 이 대련을 보고 있었지만 지금의 시선은 아까와 달랐다.

최강훈이 세 명의 공격을 피하기만 해서 그의 강함을 체감하지 못하고 있었는데, 리키와 앤디의 마지막 공격을 정면으로 막아낸 것에 그의 강함을 간접적으로나마 느낀 것이었다.

짝~짝~짝~

누군가의 박수소리가 들렸다. 말론도였다. 아직 다른 팀원들은 최강훈의 강함을 잘 체감하지 못했지만, A등급에 오른 말론도는 최강훈의 강함을 알 수 있었다.

더군다나 오랜 세월 동안 살아오며 듀크급 뱀파이어, 즉 마스터의 강자를 보아온 말론도는 최강훈이 진정 마스터의 힘을 갖추었음을 알 수 있었다.

"역시 듀크급이군. 대단하군요. 강훈군."

최강훈과 말론도의 관계는 약간 미묘하였다. 비록 정시아가 최강훈을 오빠라고 부르지만 말론도까지 최강훈을 그렇게 대접할 필요는 없었다. 다만 자신이 마스터로 모시고 있는 강민이 동생처럼 여기고 있는 존재이기에 하대를 하기에는 다소 부담스럽기는 하였다. 그래서 서로 존대를 하고 있는 입장이었다.

말론도가 최강훈에게 말을 건넨 순간, 그의 뒤에서 다른 목소리가 들렸다.

"저 정도로 마스터 급을 추측하기에는 강훈이가 들인 노력을 반도 알 수 없겠지."

들려오는 목소리에 말론도가 돌아보니, 그 곳에는 강민과 유리엘이 자리하고 있었다. 순간이동을 사용하여 둘이 이렇게 오는 것이 처음이 아니기에 말론도는 당황하지 않고 인사를 하였다.

"마스터를 뵙습니다."

말론도의 인사에 옆에 있던 유리엘이 갸웃거리며 말했다.

"이거 강훈이가 마스터가 되니 호칭이 조금 애매하긴 하네요. 마스터라는 호칭 말이에요."

주인을 뜻하는 마스터와 경지를 뜻하는 마스터는 전혀 다른 의미였지만 같은 발음이다 보니 애매하다는 유리엘의 말이 이상하지는 않았다. 강민도 유리엘의 의견에 동의했는지 말론도에게 지시를 내렸다.

"흠. 그렇긴 하네. 말론도. 그냥 회장이라고 불러 그게 낫겠네."

"네. 회장님."

말론도의 나이와 관계없이 이미 그를 수하로 받아들인 강민은 말론도에게 편하게 반말을 하고 있었다. 말론도는 모르겠지만 실제 나이를 따져도 강민이 수백배 이상 많을 것이기에 전혀 어색할 것은 없었다.

대련을 마친 최강훈 역시 리키와 앤디에게 수고했다는 인사를 건네고 강민에게 다가왔다. 여전히 땀 한방울 나지 않은 최강훈이었다.

"형님 오셨습니까?"

"그래, 어떠냐? 이제 강해진 것이 느껴지느냐?"

최강훈은 강민과 정시아 외에는 지난 3년간 이렇게 대련을 해본 경험이 없었다. 물론 수련 마법진을 통해서 무수히 많은 전투를 겪었으나 마법진에서의 수련은 항상 그보다 높은 경지를 요구했기에 스스로가 강해진 것을 잘 느끼지 못하였다.

그나마 정시아와의 대련에서 자신이 쉽게 승기를 잡자 최강훈은 과거에 비하여 어느 정도는 자신이 강해진 것을 느끼기는 했었다. 하지만, 정시아 역시 보통 실력은 아니었기에 지금처럼 이렇게 압도적으로 이긴 것은 아니라서 마스터에 올랐다 해도 자신의 실력을 크게 실감하지는 못하였다.

그런데 이번 대련에서 과거 그의 경지 정도인 요원 3명과 싸우면서도 전혀 부담감이 들지 않고 오히려 어린아이 가지고 놀 듯 할 수 있다보니, 정말 자신이 강해졌다는 실감이 들기 시작했다.

과거 강민의 말이 맞았다. 마스터가 되기 전에는 불가능하다고 생각했던 것들이 마치 숨을 쉬는 것처럼 자연스럽게 행해졌다.

이제야 그간 꿈만 꾸어오던 마스터에 이르렀음이 실감이 되는 최강훈이었다.

최강훈이 감상에 젖은 것 같자 강민은 그의 어깨를 두드린 후, 애초에 여기 왔던 목적인 말론도와 대화를 나누었다.

"말론도, 애들 두 명 정도 일본으로 보내야겠는데."

"무슨 일이십니까?"

"아. 서영이가 일본에 출장 가는데, 혹시 싶어서 말이야. 아무래도 요즘 일본이 시끄럽잖아."

일본이 시끄럽다는 이야기에 말론도가 고개를 끄덕였다. 최근 스페셜팀에서도 일본을 방문하는 요인의 경호를 맡았었는데, 이능력자들의 전투가 여기저기에서 느껴졌다고 했었기 때문이었다.

"그렇군요. 서영님이라면 제가 직접 나서지요. 그런데 언제 출발하시는가요?"

"말론도면 믿을 만하지, 출발은 다음 주 화요일이야."

"음. 그럼 저와 앤디가 가는 것으로 하겠습니다. 리키를 데려가려고 했는데 지금 저 꼴이니."

말론도가 리키를 향해 고개짓을 했는데, 리키는 비척비척거리며 회복실로 향하고 있었다. 진혈을 깨운 댓가로 거의 힘을 쓸 수 없는 상태인 리키는 회복을 빨리하기 위해서 마나집약진과 신체활성화 마법진이 새겨져있는 회복실로 들어갔다.

회복실로 들어가더라도 아까 전의 상태라면 최소 일주일은 지나야 서서히 힘을 사용할 수 있을 것이었다.

반면 마지막 순간에만 힘을 사용한 앤디는 몇 시간 뒤면 힘을 사용할 수 있을 것이기에 다음 주 일정에는 관계가 없었다.

그렇게 생각하고 강민에게 말한 말론도에게 옆에 서있던 자넷이 말을 건넸다.

"팀장님, 앤디는 다음 주에 홍콩 출장이 예정되어 있습니다만."

홍콩이라는 말에 말론도는 무언가 생각이 난 듯 자넷에게 되물었다.

"홍콩? 아. 그렇지. 유성건설이었나?"

"네. 유성건설에서 일주일간 요인 경호를 요청해왔습니다."

지금 KM 가드의 스페셜팀은 상류층들 사이에서 상당한 인기가 있었다. 실력이 탁월한 것도 있었지만, 단순히 그것 때문만은 아니었다. 일반인들에게는 B급 능력자나 C급 능력자나 모두 초인으로 보였기 때문이었다.

정작 스페셜팀이 인기있는 주된 이유는 잘생긴 외국인 보디가드가 영어는 기본에 한국어도 잘하고, 스페인어, 러시아어 등 각종 언어에 능통하다는 것에 있었다.

그래서 그들과 동행하면 우선 소위 말하는 간지가 났다. 외국 클라이언트나 바이어를 만나는 입장에서 그런 겉치레는 생각보다 중요했다.

또한 언어에 능통하기에 경호와 통역의 일석이조를 노리고 고용하는 경우도 많았다. 물론 비즈니스에서는 별도의 전문가와 함께하겠지만 해외까지 나가 관광이나 여가를 즐길때는 통역이 필요없이 경호원만 대동하면 되니 편리한 점이 많았다.

물론 스페셜팀인만큼 그들을 쓰는 비용이 일반 경호팀의 작게는 5배에서 많게는 100배까지 압도적으로 높아, 비용만을 따지면 일반 경호원과 통역원을 쓰는 것이 더 나았다.

하지만 스페셜팀의 내외적으로 특출한 능력에, 높은 비용을 충분히 감당할 재력이 있는 부유층들은 비용과 관계없이 자주 스페셜팀의 경호원을 요청하였다.

"음… 그럼 엘렌과 같이 갈까? 능력은 조금 떨어지지만 아무래도 여자가 한명 있는 것이 만일의 사태에 대비하기도 편할테니 말이야. 엘렌은 일정이 없지?"

"네, 엘렌은 가능합니다."

자넷의 가능하다는 말을 들은 말론도는 강민에게 아까의 말을 정정해서 말하려 하였다. 그 때 둘 간의 대화를 듣고 있던 최강훈이 대화에 끼어들었다.

"형님, 서영 누나가 일본에 출장 가는 건가요?"

"그래, 회사 일로 출장가게 되었어."

"혹시 저도 같이 가면 안 되겠습니까? 어차피 경호원도 한명 부족하다고 하는데 말입니다."

최강훈의 말에 강민은 잠시 생각하다 그에게 대답했다.

"네 생각을 안 한건 아니야. 마스터가 경호하면 뭐 만일 이라는 것도 없겠지. 그런데, 서영이가 회사에 너와 사귄 다고 이미 이야기를 했다고 해서 보류했다."

"그게 왜?"

최강훈이 강민의 말을 선뜻 이해하지 못하자 옆에 있던 유리엘이 그에게 추가적인 설명을 하였다.

"회사에는 네가 3년간 공부를 하러갔다고 했는데 갑자 기 경호원으로 오면 서영이 입장이 좀 곤란하지 않을 까?"

"아… 그렇군요…."

공부를 하러 갔다던 남자친구가 갑자기 경호원으로 들 어온다면 그간 강서영이 말한 내용의 아귀가 좀 맞지 않을 수 있었다. 어차피 최강훈에 대해서 모든 사실을 아는 강 서영은 당연히 최강훈의 직업을 따지지는 않지만, 회사 내 에서는 강서영이 거짓말을 한 것처럼 되어버릴 수가 있었 다.

최강훈은 상황은 이해했지만 내심 기대를 했는지 아쉽 다는 기색이 보였다. 그런 최강훈의 실망스러운 표정을 본 유리엘이 잠시 생각을 하다가 강민에게 이야기를 하였 다.

"민, 강훈이를 KM 가드의 이사로 앉히는 건 어때요?"

"이사?"

"스페셜팀을 관리하는 이사 직함을 주고, 이번 출장에 동행시킨다면 문제없을 것 같은데요? 대외적으로 서영이 체면도 살고 말이에요."

지금이라도 강서영이 강민의 동생임을 밝힌다면, 그녀는 로얄패밀리의 대우를 받을 수 있을 것이다. 하지만 강서영이 원하지 않았고, 그것이 알려진다면 지금 친해진 팀원들과도 거리가 멀어질 것이 자명하였다.

하지만 20대 중반에 이사가 된 남자친구가 있다면 부러움의 대상이 될 수는 있을지언정 지금의 일상에는 큰 이상이 없을 것이었다.

"흐음…."

강민이 그녀의 제안을 생각하는 듯 하자, 유리엘이 한마디 더 보태었다.

"민이 강훈이 후견인이라고 하면 내부에서도 문제는 없을 거에요. 어차피 민의 회사이니 말이에요."

재벌의 가족들은 20대에 입사해서 이사를 다는 것이 비일비재한 일이니, 최강훈의 후견인으로 강민이 있다고 하면 그가 이사가 되는 것도 무리한 결정은 아니었다.

유리엘의 말에 좀 더 생각하던 강민이 결정을 했는지 고개를 끄덕이며 말했다.

"그래 유리 말대로 하자. 월요일자로 발령 내서 회사에 인사 시키고 화요일 출장에 바로 동행시키면 되겠네."

한 회사의 이사가 이렇게 손쉽게 결정 되었다.

최강훈은 강민과 유리엘의 말에 어안이 벙벙하였다. 최강훈은 머리 자체는 나쁘지는 않았지만, 검정고시 출신에 대학도 나오지 않아 소위 말하는 가방끈이 짧았다.

그런데 갑자기 회사의 이사가 된다니 최강훈은 당황스러울 수밖에 없었다. 제주도에서 나온 이후로 사회에 대해서도 어느 정도 알아가고 있었기에 KM그룹 정도의 대기업의 이사가 일반 세계에서 얼마나 높은 자리인지도 알 수 있었다.

그래서 최강훈은 당혹스러운 표정으로 강민에게 말했다.

"혀… 형님, 제가 이사라구요? 저는 그런 쪽으로 아무것도 모르는데…."

최강훈의 당황한 얼굴을 본 유리엘은 강민이 대답하기도 전에 그녀가 먼저 대답을 하였다.

"강훈아. 업무적으로 할 일은 없어. 네가 할 일은 오늘처럼 여기 스페셜팀을 더 강하게 만드는 거지."

"아…."

강서영과 단지 함께 있고 싶다는 생각에서 꺼낸 말이었는데 이렇게 회사의 이사가 될 줄은 몰랐다.

마스터의 경지면 일반 세계가 아닌 이능의 세계에서도 초인과 마찬가지의 능력자이기 때문에 충분히 당당할 수 있는 조건이 되었고, 그 스스로가 세력을 쌓고 일반세상에서 영향력을 행사한다고 하면 훨씬 큰 자리를 차지할 수도 있을 것이었다.

하지만 최강훈은 그런 쪽으로는 생각이 없었고, 당장은 일반세상에 아무런 내세울 것이 없었기에 강민의 이런 배려가 고마웠다. 물론 강민은 최강훈 보다는 강서영을 생각해서 내린 결정이긴 하지만, 그렇다 하더라도 고마운 것은 사실이었다.

이런 저런 생각을 하였지만, 단지 스페셜팀을 가르치는 것만으로 일반 세계에 있는 대기업의 이사가 될 수 있다는 것은 불감청고소원(不敢請固所願)이었다.

그가 먼저 제안은 할 수 없었지만, 최강훈 역시 이런 사회적 지위를 원하고 있었기 때문이었다. 사회적으로 대우받고 싶다기 보다는 강서영에게 떳떳이 서고 싶어서였다.

자신의 여자 앞에서 당당하고 싶은 마음은 어느 남자나 마찬가지일 것이다. 비록 강민의 힘으로 그 지위를 얻게 된 것이긴 하지만 말이다.

최강훈은 다시 한 번 허리를 굽혀 진심으로 강민에게 감사를 표시했다.

"감사합니다. 형님."

"감사는 무슨. 그런데 오늘 서영이 만나기로 한 거 아냐? 아까 마친 것 같은데 말야."

집에서 수련하던 최강훈이 강민과 같이 회사로 들어온 이유가 저녁에 강서영을 만나기로 한 것 때문이었다.

회사에 도착한 이후 약속시간까지는 상당히 시간이 남아 있어, 스페셜팀을 구경하러 올라갔다가 최강훈은 대련까지 하게 된 것이었다. 즉, 오늘 회사로 온 가장 큰 이유는 강서영을 만나는 것이었다.

강민의 말에 최강훈은 고개를 들어 유리천장을 올려다보니 이미 하늘은 검게 물들어있었다. 최강훈은 연무장 사방에서 비추는 빛 때문에 시간이 가는 것도 모르고 있었던 것이었다. 하늘을 보고 이미 저녁이 되었음을 알아챈 최강훈은 황급히 벽면에 설치된 시계를 확인했다.

시계 바늘은 이미 7시 15분을 가리키고 있었다. 강서영과의 약속시간은 7시까지였다. 대련이 끝나고 시간을 확인했을 때 6시 30분이어서 여유가 있다 생각했는데, 강민과 이야기를 하다보니 어느새 시간이 이렇게 흐른 것이었다.

"헉! 늦었다. 형님, 먼저 내려가겠습니다!"

서둘러 외투를 챙겨들고 최강훈은 엘리베이터로 뛰어나갔다. 그런 최강훈의 모습을 보면서 유리엘은 빙그레 미소를 짓다가 강민에게 말을 걸었다.

"저 정도면 서영이 짝으로 나쁘지 않죠?"

"누구를 봐도 마음에 찰까 싶지만, 강훈이 정도면 나쁘지 않지."

강민의 눈에 보이는 동생 강서영은 너무도 작고 여린 한 마리의 작은 새와 같았다. 아직 하늘을 날기는커녕 둥지 밖으로 나가는 것조차 안쓰러워 보이는 작은 새. 그것이 강민이 보는 강서영이었다.

과잉보호 일 수도 있지만, 아직 강민에게 동생인 강서영은 보호해야 할 존재였다. 동생을 그렇게 생각했기에 과거 한수찬의 모친에게 모진 말을 한번 들은 것으로 굴지의 대기업까지 만들지 않았던가.

그렇기에 누구를 데려와도 그녀의 짝으로 가당치않을 것이다. 하지만 그가 몇 년간 지켜본 최강훈은 의지가 굳었고, 책임감이 넘쳤다. 그리고 강서영에 대한 진심이 있었다. 진심이 없었다면 최강훈이 강서영 옆에 서는 것을 두고 볼 강민이 아니었다.

그런 강민이 최강훈을 인정하고 있었다. 만약 최강훈이 직접 이 말을 들었다면 아마 하늘을 날아갈 것 같은 기분일 것이다. 자신의 우상과도 같은 강민이 자신을 인정해 준 것이기 때문이었다.

＋

　서둘러 엘리베이터를 잡으러 뛰어간 최강훈이었지만 퇴
근시간이다 보니 6대나 되는 엘리베이터는 층층이 멈추며
지연되고 있었다. 이대로 기다린다면 최소 10분 더 걸릴
것 같았다. 이미 15분이나 늦은 상태에서 그럴 수는 없었
다.

　계단으로 뛰어가려다가 이곳이 옥상임을 깨달은 최강훈
은 주변을 두리번거렸다. 옥상정원으로 나가는 입구를 찾
는 것이었다. 현재 옥상은 대부분 스페셜팀의 연무장으로
사용하고 있지만, 그래도 많은 부분이 흡연자를 위한 옥상
정원이 마련되어 있었다.

　이내 문을 찾은 최강훈은 옥상정원으로 뛰어들며 팔찌
에 내장된 인식장애마법을 펼쳤다. 유리엘이 그에게 건네
준 마법기에는 인식장애마법, 통역마법을 비롯한 기초 마
법들이 내재되어 있었다. 인식장애까지 건 최강훈은 옥상
정원으로 나가자마자 옥상의 펜스를 넘어 바닥으로 뛰어
내렸다.

　휘이잉~

　인식장애 마법이 펼쳐져있어 사람들은 최강훈을 인식
하지 못하였지만, 최강훈은 건물의 벽을 바닥 삼아 경공
까지 펼치며 40층 빌딩에서 바닥을 향해 달려갔다. 얼마

지나지 않아 바닥이 가까워져 갔는데 바닥에 도착하기 직전 살짝 뛴 최강훈은 다시 한 번 팔찌의 마법을 펼쳤다.

"플라이."

애초에 비행을 하기위해서 만든 마법기였기에 당연히 비행마법은 내재되어 있었다. 마스터의 경지라 40층에서 뛰어내리는 것만으로는 아무런 피해를 입지 않을 것이지만, 아무런 소리도 내지 않고 바닥에 도달하려면 이런 방식으로는 힘들었다. 하지만 마법은 그것을 가능하게 해주었다.

경공까지 펼쳐서 지상으로 내려온지라 옥상에서 지상까지 걸린 시간은 십초도 걸리지 않았다. 손목의 시계를 확인한 최강훈은 서둘러 약속장소인 KM빌딩의 입구로 뛰어갔다.

입구에는 검은 코트를 입은 강서영이 서 있었는데, 한눈에도 뾰로통한 얼굴이 보여 최강훈의 마음을 졸이게 하였다.

두근거리는 가슴을 진정 시키며 강서영 가까이 다가간 최강훈은 그녀를 불렀다.

"서영 누나~!"

최강훈의 목소리에 강서영이 그를 돌아봤는데, 그의 얼굴을 보자마자 환해지려는 표정을 억지로 굳히며 최강훈에게 따져 물었다.

"뭐야? 최강훈! 20분이나 늦었잖아!"

아직 17분 정도였지만 그걸 따질 분위기는 아니었다. 그걸 따지고 싶지도 않았다.

가까이서 그녀를 보자마자 최강훈은 갑자기 가슴 속 깊은 곳에서 벅차오르는 감정이 느껴졌다. 그리고 자신도 모르게 손이 움직여 강서영을 꼭 끌어안았다.

미안하다는 말도 없이 갑자기 그녀를 끌어안자 강서영은 당황해하며 말했다.

"야! 너 뭐하는 거야! 여기 회사 앞이야!"

하지만 최강훈은 개의치 않고 그녀를 안으며 그녀의 귓가에 말했다.

"미안해, 누나."

그 순간 강서영의 버둥거림은 멈췄다. 최강훈의 목소리에 실린 감정을 읽었기 때문이었다. 최강훈은 단지 지금 늦어서 미안하다는 것이 아니었다.

아마 3년간을 기다리게 해서 미안하다는 것이리라. 그의 목소리에 실려있는 물기가 그것을 짐작하게 하였다.

그것을 알아챈 강서영은 그녀가 말했듯이 회사 앞임에도 불구하고, 그녀 역시 두 팔로 최강훈을 감싸며 그를 같이 끌어안았다. 그리고 나지막이 그의 귓가에 대고 말했다.

"…이제 기다리게 하지마."

3년간의 결실이 맺어지는 순간이었다.

2장. 대화

NEO MODERN FANTASY STORY & ADVENTURE

현세귀환록

現世
NEO MODERN FANTASY STORY & ADVENTURE
歸還錄

2장. 대화

"총재님 큰일 났습니다!"

유니온의 전체 정보에 대한 권한을 지닌 월슨 최고정보 관리관(CIO)이 총재실로 뛰쳐 들어왔다. 최고정보관리관, CIO는 정보기술에 대한 사항부터, 정보자체에 대한 관리 통제 등을 겸하고 있는 정보분야에 대해서는 유니온에서 으뜸가는 실력자였다.

앤더슨 총재는 내부 인터폰으로 비서가 월슨이 왔다는 이야기를 하였기에 이미 그가 들어오는 줄은 알고 있었다. 하지만, 그 목소리의 다급함과 함께 큰일이 났다는 이야기에 벤자민 부총재와 이야기를 나누던 이야기도 끊고 그를 돌보았다.

"무슨 일이오, 윌슨 관리관?"

윌슨은 40대의 백인남성으로 금발의 머리를 깔끔하게 뒤로 넘긴 푸른 눈의 소유자였다. 정보를 관리하고 통제하는 최고정보관리관답게 언제나 침착하고 안정된 자세로 다니며 일처리를 하였는데, 오늘은 평소의 모습과는 달리 무슨 급한 일이 있는 것인지 헐레벌떡 총재실로 들어왔다.

상기된 표정의 윌슨은 앤더슨의 물음에 숨을 가다듬고 이야기를 전했다.

"이계 바이러스가 나타났습니다!"

이계 바이러스라는 말에 앤더슨도 안색을 굳히고 되물었다.

"이계 바이러스? 어느 타입이요?"

"일단 Z7FWA 타입으로 명명하였습니다."

"뭐요? 일단 명명하였다는 것은 새로운 종류의 바이러스라는 것인데, 그것에 F타입, W타입, A타입의 성질이 다 같이 들어있다는 것이오?"

"네. F, W ,A의 성질이 같이 포함된 바이러스입니다."

처음에 이계 바이러스라고 할 때만 하더라도 단지 안색을 굳힐 뿐 크게 놀라지 않았던 앤더슨은 이계 바이러스의 타입을 들은 후에는 크게 놀라고 말았다.

이 세계에 이계 바이러스가 퍼진 것은 처음이 아니었다. 유니온 창설 이후로만 해도 5번 그 이전의 과거까지 다 치면 기록된 사항만 하더라도 수십 번 이상은 발생하였을 것이다.

가장 유명하고 세상에 많은 피해를 준 이계 바이러스로는 과거에 흑사병이라고 불린 페스트와 스페인 독감이라고 불린 스페인 인플루엔자가 있었다. 흑사병은 중세 유럽 인구를 1/3이나 사멸하게 한 재앙이었고, 스페인 독감 역시 수천만의 사람들이 목숨을 잃었다.

마나능력자는 마나의 영향으로 이런 이계바이러스에 대한 저항력이 강하였고 C급 이상의 강자에게는 이런 바이러스는 특수한 경우를 제외하고는 큰 영향을 미치지 못하였다. 하지만 마나를 다루지 못하는 일반인에게는 재앙과도 같은 큰 사건이었다. 역사적으로 보았을 때도 마물의 직접 피해보다 이계 전염병으로 인한 일반인의 죽음이 훨씬 많은 상황이었다.

하지만 이것은 과거의 이야기였고 어느 정도 백신을 갖춘 현대에는 과거와 같은 사망자가 발생하는 질병은 아니었다. 현대에는 다양한 종류의 이계 바이러스에 대해서 어느 정도의 대비책은 마련되어 있었기에 크게 과거처럼 이계 바이러스에 대한 공포가 심하지는 않았다.

그렇지만 여전히 일반인에게 가장 많은 피해를 주는 것이 이 이계 바이러스인 것은 사실이었다. 그래서 명명된 코드명을 통해 빠른 전염성과 치명적인 피해를 줄 수 있는

타입의 이계 바이러스임을 알게 된 앤더슨 총재는 놀란 표
정으로 윌슨에게 되물은 것이었다.

"최근 5년간 웜홀의 발생 빈도수가 이상하게 높아서 이
런 일이 생길 것이라는 생각은 했지만 FWA 타입이라니…
발병지는 어디요?"

"아프리카의 라이베리아가 최초 발생지입니다."

"라이베리아라…."

라이베리아라는 말에 윌슨과 앤더슨의 이야기를 듣고
있던 벤자민이 둘의 대화에 끼어들었다.

"라이베리아라면 몇 년 전에도 한 번 이계 바이러스가
창궐하지 않았습니까?"

"맞소. 그 때 UN과 WHO에 지시하여, 일반세계에는 에
볼라 바이러스로 알렸지요."

"허… 바이러스를 퍼트린 마물은 어떻게 되었소? 이미
사멸했소?"

벤자민은 윌슨에게 최초 바이러스를 퍼트린 마물에 대
해서 물어보았다. 일반적으로는 마나충돌 때문에 인근 동
식물에게 바이러스만 전파하고 마물을 사멸하는 경우가
많았기에 벤자민은 당연히 사멸했을 것이라는 추측과 함
께 윌슨에게 물었다.

하지만 윌슨의 대답은 벤자민의 예상과는 달랐다.

"그… 그게… 아직 살아있습니다."

앤더슨 총재 역시 전례로 보아 마물은 이미 마나충돌로 사멸했을 것이라 생각하고 있었기에, 이런 윌슨의 대답에 더 크게 놀라고 말았다.

"뭐라고요? 마물이 아직 살아 있다는 말입니까? 언제 마물이 발견되었소? 그 등급은 어떻소?"

"삼일 전입니다. 그리고 마물의 등급은 B급으로 추정하고 있습니다. 아직까지 살아남은 걸로 봐선 마나 성향이 비슷한 곳에서 나타난 마물로 추정하고 있습니다. 실제로 위성을 통해서 확인해본 결과 마나 충돌이 그리 강하지 않았습니다."

"삼일? 이계 바이러스인 것을 알았다면 바로 알릴 것이지, 그 때까지 대체 뭘 한거요?

앤더슨의 질책섞인 말에 윌슨은 약간 곤란 한 표정을 지으며 그에게 대답하였다.

"최초에는 이계 바이러스의 숙주인 줄 파악하지 못해서 일반 마물에 대한 대응 방식으로 대처하다 그랬던 것 같습니다. 더군다나 아프리카 지역이 워낙 넓다보니 우리 직원들이 많이 부족한 실정입니다. 그래서 마나를 사용할 줄 아는 토착부족이나 그레이울프 용병들에게 맡긴 지역이 많은데, 이번에 라이베리아 건은 토착부족이 자신들이 해결하려고 유니온에 알리지 않았다고 합니다."

"그 토착부족은 어떻게 되었소?"

윌슨은 여전히 곤란한 표정으로 말했다.

"한 명의 생존자를 제외하고는 모두가 마물에게 먹히고 말았다고 합니다. 이것을 알게 된 것도 그 생존자가 보고를 해서 알게 된 것입니다."

"허어…."

윌슨의 이야기를 듣고 있던 벤자민이 그에게 다시 물었다.

"그런데 이계 바이러스인 것은 어떻게 알았소? 지금까지 이야기를 들어보니 단지 적응력 강한 마물이 살아남은 것 같은데. 바이러스가 이미 퍼진거요? 증상은 어떻소?"

"정보부에서도 처음에는 단순 마물이 생존한 것으로 파악하였는데, 토착부족의 생존자가 눈, 코, 입, 귀에서 피를 쏟으며 죽어버린 것을 확인하였습니다. 그리고 그가 죽던 것을 목격한 우리 요원들 또한 하루 뒤에 같은 모습으로 사망하였습니다."

"흠… 그럼 사망시에 바이러스가 대기중으로 퍼지는 종류의 이계 바이러스인가…."

벤자민은 나직하게 혼잣말하였는데 그것을 들은 윌슨이 말을 받았다.

"그렇습니다. 일단 그렇게 추측하기에 A타입의 성향이 있다고 명명한 것입니다. 실제로 마물에게 죽은 시체를 수거하러 간 사람들도 그 다음날 같은 방식으로 사망한 것으로 볼 때, 사망 이후에도 상당한 시간 동안은 대기중에 바이러스가 남아 있는 것으로 추측하고 있습니다."

벤자민과 윌슨의 이야기를 듣던 앤더슨이 윌슨에게 물었다.

"현재 우리 요원 중에서는 감염된 사람은 없나요?"

"생존 토착민에게 바이러스가 감염된 요원들이 사망하는 것을 지켜본 요원이 2명 있습니다. 일단 그들은 격리조치 하였고, 그들과 접촉했던 사람들도 격리하였습니다. 만일 사망시에만 바이러스가 전염되는 알고리즘이라면 단지 접촉했던 사람들은 이상이 없을 것이고 지켜본 요원만 내일 죽게 되겠지요."

"백신은 준비하고 있는가요?"

"네, 일단 바이러스 자체는 확인을 하였는데 아무래도 처음 들어온 바이러스이다 보니 백신제작에 꽤나 시간이 걸릴 것 같습니다.

"허어…."

윌슨의 대답에 앤더슨은 장탄식을 내쉬었더니, 다시 질문을 하였다.

"마물이 살아있다면 제거팀은 파견했소?"

"네, 위성을 통해서 마물의 위치를 확인하고 아프리카 지부에 있는 A급 팀을 파견했으니, 곧 잡을 수 있을 것 같습니다."

"좋소, 일단 백신을 제작하는 것을 최우선적으로 조치해주시오. 그리고 우리 요원들이 투입될 때는 우주복 수준의 완벽한 바이러스 차폐복을 착용하고 현장에 투입되도록 하고, 사건 발생지역 반경 100km 정도는 출입 통제를 지시 해주시오."

"네, 알겠습니다."

앤더슨의 말에 윌슨이 그에게 물었다.

"총재님, UN과 WHO에는 뭐라고 하는 것이 좋겠습니까?"

"어차피 에볼라 발생지역이었으니, 에볼라가 재창궐했다는 것이 좋지 않겠습니까?"

"네, 그렇게 지시하도록 하겠습니다."

앤더슨과 벤자민에게 할 말을 끝낸 윌슨은 둘에게 인사를 하고 총재실 밖으로 나갔다. 윌슨이 나간 것을 확인하고 나서 벤자민은 다시 앤더슨에게 말을 건냈다.

"이번 일이 크게 퍼지면 안 될 텐데… 큰일입니다. 총재님."

"그러게요, 현재 우리 유니온의 기동가능 인력 대부분이 일본에 투입되어 있어, 지금 당장은 아프리카로 현장 요원들을 돌리기 힘들 텐데요."

유니온은 벌써 3년이 넘도록 유니온 가용 인력의 상당부분을 일본에 투입하고 있었지만 아직도 완전히 일본의 이능세계를 장악하지는 못하고 있었다.

유니온의 총 전력을 다한다면 상황은 달라졌을 것이나, 실제로 유니온이 일본에 쓸 수 있는 가용 인원은 총 인원의 20%가 채 되지 않았다.

사실 20%도 상당히 무리한 수치였다. 전체 이능 세계에 유니온은 퍼져있었고, 각 국에서 수행하여야 하는 임무들도 있었기에 무작정 많은 인원을 차출하여 일본에 투입할 수는 없었기 때문이었다.

"그러게 말입니다. 우선 이번 일은 아프리카 지부의 힘으로 해결하도록 해야겠습니다. 필요하다면 D급 이하의 요원들을 파견하는 것으로 조치하겠습니다. 어차피 바이러스가 퍼지지 않도록 민간인 통제만 하면 될테니 말입니다."

"그렇게 합시다. 허어. 참 일이 안 풀릴려니 이렇게 되는 군요."

앤더슨의 장탄식에 벤자민도 동조하며 말했다.

"천왕가의 개입만 없었어도 지금쯤이면 일본 이능계를 대부분 장악하고 안정적으로 관리할 수 있었을텐데 아쉽습니다."

"우리가 천왕가와 헤이안의 관계를 간과했던 것이 실책이었던 것 같네요. 예전부터 친밀하게 지냈던 두 집단 사이의 관계라면 충분히 천왕가가 끼어들 것을 예상했었어야 했는데 말이죠."

"사실 천왕가와 헤이안이 친했다기 보다는 이극민 태상
가주와 히데오 쇼군이 친했기에, 쇼군이 죽고 나서는 그
연결고리가 끊겼다고 판단했습니다. 실제로 쇼군이 죽은
직후에는 나서지도 않았구요."

"맞는 판단이었지요. 그런데 일이 이렇게 되다니…."

"문제는 천왕가가 끼어들었다고 해도 일본을 장악한다
는 최초 계획에는 지장이 없었을텐데, 이극민 태상가주가
마스터급에 오른 것이 계획이 틀어지게 된 결정적 이유였
습니다. 그것만 아니었어도 AA팀을 운영해서 충분히 견제
할 수 있었을텐데 말입니다. "

"하긴 그렇죠. 몇 년전에 확인 했을 때만 하더라도 A+
급이었는데 그 사이에 S급이 되다니…."

"그것도 태상가주씩이나 되어서 직접 나설 것이라고는
더 생각하지 못했습니다."

유니온이 일본의 이능계를 장악하지 못했던 가장 큰 이
유는 한국에 있는 천왕가의 참전 때문이었다. 벤자민의 말
처럼 천왕가만 참전하지 않았다면 이미 4조각으로 쪼개어
진 헤이안을 각각 흡수하여 진작에 일본의 이능계를 장악
하였을 것이지만, 천왕가가 일본의 이능세계에 참전하면
서 양상은 달라졌다.

사실 유니온 전체의 역량에 비하면 천왕가는 그리 무서

운 조직이 아니었다. 유니온에서 마음먹고 30~40%정도의 인원만 동원해도 충분히 쓸어버릴 수 있을 정도로 조직 간의 역량차이가 크게 났다.

하지만 유니온은 위원회의 눈치를 보지 않을 수 없는 조직이었다. 태생부터 위원회에서 탄생하였기에 만약 유니온이 무리한 움직임을 하는 것 같이 보인다면 위원회에서 제재를 가할 것이고, 그 제재를 따르지 않는다면 위원회와 본격적으로 대립해야 하는 상황이 벌이질 것이다.

장기적으로는 위원회에서 독립하여 전체 이능 세계를 장악할 생각까지 하고 있는 유니온이었지만, 아직은 위원회를 감당할 역량이 되지 않았다. 그래서 현재 유니온은 위원회의 눈치를 볼 수밖에 없었다.

지금 일본에 투입하고 있는 20%가 채 되지 않는 전력이 위원회의 심기를 건들지 않는 최대한의 전력이라 할 수 있기에, 유니온에서 그 이상은 무리하게 전력을 투입할 수는 없는 노릇이었다.

벤자민의 말처럼 오래전부터 천왕가의 태상가주는 헤이안의 쇼군과 친분을 나누고 있는 사이였다. 그래서 이능 세계의 많은 사람들은 최초 쇼군이 죽은 이후 어떤 방식으로든 천왕가에서 움직임이 있을 것으로 추측하였는데, 의외로 천왕가에서는 아무런 움직임이 없었다.

이에 유니온에서는 외부의 방해 없이 일본 내부의 세력

들을 정리해갔고, 2년간 차근차근 일반세계와 이능세계 양쪽에서 헤이안의 세력을 흡수하였다. 결국 2년만에 4조각으로 갈라진 헤이안의 2조각을 유니온의 일본지부로 흡수 합병하였다.

하지만 쇼군이 죽은지 2년이 지난 시점이 되자 상황이 달라졌다. 갑자기 천왕가에서 일본의 이능세계에 적극적으로 개입하기 시작했기 때문이었다. 특히, 천왕가의 태상가주 이극민이 직접 일본에 진출하여 헤이안의 출신 이능력자들 규합하기 시작하였다.

명분은 과거 쇼군과의 친분을 빌미로 그의 복수를 내세웠다. 지리멸렬하며 유니온의 일본지부로 점차 흡수되고 있던 헤이안의 잔당들 중 상당 수는 이런 이극민의 명분에 넘어갔다.

헤이안이 다시 이극민을 중심으로 결집되려하는 모습을 보이자, 유니온에서는 이극민을 저지하기 위해서 현장요원 중 에이스급 2개팀을 보냈다. A1팀과 A2팀이었다. AA급 팀에 비해서는 다소 떨어졌지만 A급 2개팀이면 A+등급인 이극민 정도는 충분히 처리할 수 있을 것이라 판단하였다.

그러나 유니온의 판단은 빗나갔다. 이극민이 예전의 이극민이 아니었기 때문이었다. 유니온의 공작에 의해 이극민이 고립되는 상황이 벌어졌고 A1, A2 두 개 팀이 그를 처리하기 위해 나섰었다.

궁지에 몰린 이극민을 보고 팀원들은 이제 그를 잡았다고 판단했는데, 그 순간 이극민의 검에서 눈부신 흰 빛이 쏟아져 나왔다. 마스터의 상징, 오러 블레이드였다.

오러 블레이드로 마스터임을 증명한 이극민은 패닉에 빠진 A1, A2팀을 도륙해버렸다. 애초에 이극민이 마스터인 것을 알고 대응했다면, 이렇게 무력히 죽지는 않았을 요원들이었지만 마스터라는 이름에서 주는 공포로 인하여 제대로 된 힘도 발휘하지 못하고 모두 이극민에게 척살당해 버린 것이었다.

이후 유니온은 과거와 같이 적극적으로 헤이안을 흡수하지는 못했고, 반면 천왕가에서는 유니온의 방해에도 쇼군의 복수라는 명분을 내세워 헤이안의 나머지 1조각을 그들의 손에 넣었다.

한편 이렇게 외부의 세력이 일본의 이능계를 좌지우지하는 상황에 위기를 느낀 마지막 한조각에 소속된 이능력자들은 북해도에 있는 나카타 찾아갔다. 그리고 그 곳에서 그들은 나카타를 수장으로 옹립하며 마지막 반전의 기회를 노렸다.

이렇듯 지금 일본의 이능계는 크게 3파전 양상이었다. 많은 요원들을 투입하고 헤이안의 절반가까이나 되는 조직을 흡수한 유니온의 일본지부가 규모로는 가장 컸지만,

마스터인 태상가주까지 나선 천왕가의 힘을 무시할 수는 없었다. 앤더슨 총재가 직접 나선다면 이제 갓 마스터가 된 이극민을 처리할 수 있을지는 몰라도, 총재가 직접 나서기에는 아무래도 위원회의 시선이 부담스러운 것이 사실이었다.

이런 상황을 아는지 모르는지, 천왕가에서는 적극적으로 한국에 있는 본진까지 투입하며 유니온과 팽팽히 맞서고 있었다. 마치 이번 일에 사활을 건 것처럼 보였다.

마지막으로 북해도에 있는 나카타의 세력은 유니온과 천왕가가 양패구상(兩敗俱傷)하기를 기다리는지 적극적으로 개입하지는 않고 관망하고 있을 뿐이었다.

앤더슨은 벤자민의 말에 고개를 끄덕거리다가 무언가 생각난 듯 그에게 질문을 던졌다.

"아. AA1팀 장비 제작은 다 끝났습니까?"

장비라는 이야기에 벤자민은 눈을 반짝이며 대답하였다.

"안 그래도 그걸 말씀드리려 하였습니다. 테스트를 해본 결과 이제는 더 이상 마스터를 두려워하고만 있지 않아도 될 것 같습니다."

마스터를 두려워하지 않아도 된다는 말에 앤더슨은 반색하며 벤자민에게 되물었다.

"그래요? 예상하기는 하였지만 그 정도로 성능이 우수

한 것인가요?"

"네. 이제는 더 이상 A팀이라고 할 수 없을 것입니다. 그래서 AA1팀의 이름을 이제부터는 S1팀이라고 바꾸려고 합니다. 그리고 같은 장비를 사용하는 AA2와 AA3팀도 S2팀과 S3팀으로 같이 변경할 예정입니다. 어떻습니까?"

"S급을 상대할 수 있으니 당연히 S의 이름을 가져야죠."

1년 전 미국에서 나타난 S급 마물은 유니온에게 큰 충격을 주었다. S급 마물은 지금까지는 십여 년에 한 번 정도 나타나는데, 최근 웜홀의 급격한 증가로 인해 이 S급 마물만 5년간 벌써 세 차례나 나타났었다. 그러니 S급 마물이 나타났다는 사실만으로 유니온에게 충격을 준 것은 아니었다.

유니온에 충격을 준 이유는 이번에 나타난 S급 마물이 마나공격에 대한 저항력, 즉 항마력이 무척이나 뛰어났다는데 있었다. 그래서 마나장비로 무장한 유니온의 요원들이 마물에게 잘 통하지 않았고 그로 인해 수많은 사상자가 발생하였다.

원래 S급으로 강한 마물이 항마력까지 지니고 있자, 기존의 마나 장비로는 거의 피해를 주기 힘들었다. 그나마 A급 이상 요원들의 직접 공격은 다소 피해를 입혔지만 마물을 처리하기에는 역부족이었다.

결국 앤더슨 총재가 나서서 극에 다다른 염동력으로 마물의 몸을 붙잡고, 방어장막으로 마물의 항마력을 중화시키며, 강화된 주먹으로 마물의 핵에 타격을 주어 마물을 해치웠었다.

신기하게도 그렇게 잡은 마물의 사체는 여전히 항마력을 띄고 있었고, 마물의 마정석 역시 마나를 억누르는 항마력을 지닌 희귀한 성질의 마정석이었다. 이를 토대로 유니온의 연구개발진은 무기와 방어구를 개발하였고, 그것이 이번에 완료되어 현장에 지급된 것이었다.

"그런데 세 개 팀이나 구성이 되던가요?"

"네, 그 마물에서 얻은 마정석과 사체가 세 개팀 분량의 장비 제작이 가능하였습니다. AA3팀은 AA1팀과 AA2팀에 비해서 다소 역량이 약간 떨어지기는 한데, 그래도 이번 장비를 착용하면 과거 AA1팀보다는 강할 것입니다. 그리고 지금 S1팀이라면 마스터라도 잡을 수 있을 것 같습니다."

"호오. 단지 막는 것이 아니라 잡을 수 있다는 말입니까?"

"네, 마스터를 잡을 전술 플랜까지 이미 만들어진 상태입니다. 나중에 총재님께서 직접 테스트를 한 번 해보시지요."

"흐음. 좋습니다. 아. 어차피 실전 테스트라면 이번에 일본에서 시험해보는 것도 좋은 방법이겠군요."

앤더슨 총재는 이극민 태상가주를 염두에 두고 일본의 이야기를 꺼냈다. 하지만 벤자민의 생각은 다른지 반대를 하며 이야기를 하였다.

"그것도 생각하지 않은 것은 아닌데, 그래도 신 장비를 갖춘 S팀은 나중에 위원회를 상대하는데 써야 하지 않겠습니까? 괜히 위원회에 우리 전력을 다 보일 필요는 없지 않겠습니까?"

"그 말도 맞는 말씀이군요. 음… 그럼 이렇게 합시다. S3팀만 사용해봅시다. 어차피 S3팀이라 하더라도 과거 AA1팀보다는 강력한 힘을 발휘한다고 하니 마스터에 오른지 얼마 되지 않은 천왕가의 태상가주는 견제할 수 있을 것 같네요."

"사실 이 교착상태를 해결하기 위해서 일단 지금은 북해도에 머무르고 있는 나카타를 이용하여 천왕가의 태상가주와 붙여볼 생각을 했었습니다. 최근 정보부의 공작으로 인해서 둘 사이가 많이 틀어져서 조만간 한번 대결이 벌어질 것 같습니다."

이극민 태상가주와 나카타의 대결이라는 말에 앤더슨 총재는 흥미롭다는 표정으로 되물었다.

"호오, 그런가요?"

"그런데 총재님 말씀을 들으니 전투가 끝난 그 뒤를 우리가 그를 쳐도 괜찮겠다는 생각이 드네요. 그 때 S3팀을 운영해보는 것이지요.

"그랬군요. 그런 확실한 기회가 있다면 S2팀까지는 동원해도 되겠네요. 잘하면 이번 일로 일본의 이능세계를 모두 정리할 수도 있겠군요."

일본에서의 계획이 개괄적으로 세워지자 앤더슨은 무언가 생각난 듯한 표정을 하며 벤자민에게 다른 질문을 던졌다.

"아. 한국에 있다는 연금의 일족은 어떻습니까? 여전히 설득이 안 되고 있나요?"

연금의 일족이라는 이야기에 벤자민은 약간 곤란한 표정으로 대답하였다.

"네. 작년에 제가 직접 가서 접촉한 이후로 한국 지부장이 종종 들려서 반응을 보는데 전혀 반응이 없는 상황입니다. 아무래도 연금의 일족이 가졌던 유산은 얻었지만 지금까지와는 달리 같은 일족이라는 책임 의식은 없는 것 같았습니다."

작년 여름 이극민 태상가주가 마스터인 것을 알게 된 이후, 유니온에서는 연금의 일족이라 판단되는 강민을 이용할 계획을 세웠었다. 아무래도 그때까지는 마스터를 상대할 역량이 부족한 것이 사실이었기 때문이었다.

앤더슨 총재가 직접 나서지 않는다면 마스터에 오른 이

극민을 잡기는 힘들었기에, 같은 마스터 급인 강민을 이용하려 했던 것이었다.

그래서 계획했던 대로 벤자민이 강민을 방문하여 위원회가 연금의 일족이 사멸하게 된 원인임을 알렸다. 그러면서 당시 유니온의 불가피성 또한 알리며, 장차 유니온 역시 위원회와 대적할 것임을 알렸다. 즉, 위원회라는 공동의 적을 두고 상호 간의 협조를 요청하였으나, 강민은 전혀 관심이 없었고 결국 협상은 무산되고 말았었다.

벤자민의 말에 앤더슨 총재는 자신의 턱을 쓰다듬으며 다시 한 번 벤자민에게 물었다.

"흐음… 다른 설득할 만한 요인은 없던가요?"

"이미 평생 쓰고도 남을 부를 가졌고, KM그룹을 만들어서 사회적으로 높은 명망도 얻고 있습니다. 무력 또한 마스터급에 이르는 상황이니 저희가 제시할만한 카드가 없더군요."

"참. 아쉽군요. 그런데 혹시 천왕가처럼 우리 유니온에게 적대적으로 변할 가능성은 없나요?"

"그럴 가능성은 낮아 보입니다. 오히려 그 쪽에서는 우리 유니온을 이용하여 거래를 하고 있는 입장이니 지속적인 거래관계를 유지하다보면 그가 원하는 것을 파악하여 이용할 수 있지도 않을까 하는 판단도 하고 있습니다."

"그렇군요. 여튼 S급의 강자니 관리를 소홀히 하지는 마세요."

"네, 알겠습니다."

이야기를 마무리하려는 벤자민에게 앤더슨이 물었다.

"그런데 아직도 올림포스에서는 퍼니셔의 인식장애마법을 해제하지 못하고 있는가요?"

"네. 올림포스의 평소 역량으로 보면 예상 밖의 상황인데, 아직도 해제하지 못하고 있는 것 같습니다."

올림포스에서는 쇼군이 죽은 이후 그 곳에 펼쳐진 대지의 기억을 읽었는데, 그 곳에는 유리엘이 인식장애마법을 펼쳐 놓았기에 아직도 그 때의 상황을 알지 못하고 있었다.

"마법의 조종(祖宗)이라고 자부하는 올림포스로서는 자존심이 무척 상하는 일이겠군요."

"그렇지요. 지금 위원회의 위원들 중에서도 올림포스의 능력에 의문을 표시하는 위원들이 생기고 있다는 소문도 있습니다."

"허허. 그 정도일 줄이야. 의장이 제대로 마음먹고 나선다면 그 앞에서 당당할 사람들이 몇 없을텐데, 황제도 자리에 없는 곳에서는 욕을 먹는다더니 딱 그 꼴이구만."

"어쩔 수 없는 노릇이지요. 길어야 몇 달을 이야기 했던 올림포스에서 3년이 지나도록 해제를 못하고 있으니, 올림포스에서도 할 말은 없을 것입니다."

"의장의 체면이 말이 아니겠군요."

"뭐 그렇다고 해도 전혀 새로운 체계의 마법을 풀려고 하다 보니 그 마법을 연구하면서 내부적으로는 꽤나 성과가 있었다고 합니다. 그러니, 올림포스로서도 손해만 보는 것은 아니겠지요."

"그렇기는 하겠군요."

"여튼 퍼니셔가 누군지 확인되면 위원회 보다 우리가 먼저 접근해야 할 것입니다. 전에도 말씀드렸지만 적의 적은 친구 아니겠습니까?

"그렇겠지요."

벤자민의 대답을 듣고자 한 질문이 아닌지 앤더슨은 강한 어조로 말을 이었다.

"이렇게 혼란스러운 시국에서 활용 가능한 마스터가 한 명 더 있다는 것은 엄청나게 도움이 될 것입니다. 올림포스도 노력하겠지만 우리도 정보부를 총 동원해서라도 퍼니셔를 확인하고 영입해야 할 것입니다. 그래야 하루라도 빨리 위원회의 손아귀에서 벗어날 수 있겠지요."

"네, 알겠습니다."

대화를 마치는 앤더슨과 벤자민의 얼굴에는 굳은 결의가 떠올라와 있었다.

3장. 출장

NEO MODERN FANTASY STORY & ADVENTURE

현세귀환록

現世
歸還錄

3장. 출장

　　김강숙 차장과 강서영, 그리고 그녀들을 경호하기로 한 말론도, 엘렌과 최강훈은 예정대로 금일 화요일 오전 김포 공항에서 일본행 비행기를 타고 도쿄 인근의 하네다 공항에 도착하였다.

　　강서영이 강민의 동생의 입장으로 간다면 전용기를 통해서 움직였겠지만, 한 명의 직원으로 업무상 출장을 가는 것이기에 당연히 일반 비행기를 이용하였다.

　　김강숙 차장은 출장에 경호원이 따라 오는 것은 처음이었지만, 어제 새로 KM 가드 이사에 취임한 최강훈이 경호 시스템을 파악하려고 직원의 출장에 경호원을 동행시켰다는 말에 표면적으로는 이해를 하였다. 일종의 경호 시스템

평가 및 테스트라는 의미였기 때문이었다.

하지만 그것은 핑계고 최강훈 이사가 강서영과 같이 일본을 가기위해 일부러 테스트라는 명목을 사용한 것이라고 내심 의심하고 있었다. 김강숙 외에 다른 직원들도 아마 그런 의심을 하고 있을 것이었다.

그만큼 너무 급작스럽고 전례가 없던 일이기 때문이었다. 임원급의 중요요인도 아니었고 출장 장소가 치안이 불안한 곳도 아닌데, 경호원을 동행하는 것은 상식적이지는 않은 일이었다.

어제, 그러니까 월요일자로 KM 가드의 이사로 부임한 최강훈은 부임 첫날부터 많은 사람들을 놀라게 하였다. 20대 중반의 젊은 나이에 이사가 된다는 것은 재벌가의 가족들에게는 드문 일이 아니었다.

하지만 가족도 아닌 사람이 이렇게 한순간에 이사의 자리에 오르는 것은 평범한 일은 아니었다. 물론 강민이 후견인으로 있다는 말에 논란은 없었지만, 그래도 이야기 거리는 될 수 있는 일이었다.

정작 놀라운 일은 KM 가드의 임원진들과 인사를 마친 최강훈이 두 번째로 향한 곳이 그룹 지주의 전략기획실이었다는 것이다. 단지 기획실을 방문한 것이 사람들을 놀라게 한 것이 아니라, 그룹의 전략기획실을 방문하여 자신의 여자친구인 강서영을 잘 부탁한다고 팀원들에게 이야기를 한 것이 모두를 놀라게 하였다.

강서영과 미리 이야기했던 상황이 아니었기에 그녀는 얼굴이 빨개져서 고개를 들지 못했지만 최강훈은 다시 한 번 잘 부탁한다는 말을 하며 고개 숙여 팀원들에게 인사를 하였다.

당연히 그룹 내 메신저는 난리가 났다. 그 날 하루 내내 열녀가 키운 연하남이 왕자가 되어 돌아왔다고 수근거렸다.

어차피 나중에 강서영의 정체가 밝혀지면 모든 것이 이해될 상황이지만, 그 전까지는 최강훈이 아깝다는 이야기가 나올 수밖에 없는 상황이었다. 몇몇 여직원들은 강서영을 질투하기도 하였다.

하지만 누구에게나 사랑받는 타입의 강서영이 3년간 쌓아왔던 이미지가 있었기 때문에, 최강훈이 그녀의 남자친구라는 사실에 대한 질투나 시기보다는 축하를 해주는 사람들이 더 많았다.

이런 상황에서 아직 업무파악도 되지 않은 신임이사가 경호 테스트를 위해서 일본에 간다는 것은 대부분의 사람들에게 순수한 의도로 받아들여지지 않을 수밖에 없었다.

물론 강서영의 출장일정은 최강훈이 이사로 취임하기도 전에 정해져 있던 상황이라 강서영과 사전에 서로 맞춘 것이라고 할 수는 없겠지만, 다들 최강훈이 강서영과 함께하기 위해서 무리한 일정을 잡아서 간다고 생각하고 있었다. 그리고 지금 김강숙 차장도 비슷한 생각을 하고 있는 상황이었다.

그렇지만 직급이 깡패라고 그것을 따질 수는 없는 노릇이었다. 심지어 KM 가드의 사장조차 강민이 직접 지시를 했다고 하니 그에 대해서 아무런 말도 하지 못하였다. 애초에 스페셜팀은 강민의 직속이었고 최강훈은 그 스페셜팀을 관리하는 이사로 왔으니 KM 가드 사장의 지시를 받을 입장도 아니었다.

공항에 도착하자마자 계획되어 있는 일정에 따라 공항에서 바로 신주쿠에 위치한 스즈키 그룹의 본사로 이동하였다. 사전에 약속을 잡아놓았기에 스즈키 그룹의 본사에는 40대 중반으로 보이는 장년인이 기다리고 있다가 그녀들을 맞이하였다.

"반갑습니다. 김 차장님. 저는 니시오 과장입니다.

"늘 전화 통화만 하다가 직접 뵙는 것은 처음이군요. 김강숙이라고 합니다. 여기는 강서영 대리입니다."

김강숙 차장 역시 일본어에는 능통하였기에 자연스럽게 니시오 과장과 인사를 주고받은 후 강서영을 인사시켰다.

"안녕하십니까. 강서영 대리입니다."

"아. 강 대리님이시군요. 반갑습니다. 그런데 원래 한 대리님이 오기로 했다고 알고 있었는데…?"

원래 한민호가 오기로 이야기가 되었지만, 갑자기 강서영이 와서 의아한 표정으로 니시오 과장은 김 차장을 보고 되물었다.

"한 대리는 얼마 전 사고를 당해서 병원치료를 받는다고 같이하지는 못했네요. 그래서 강 대리가 같이 왔지요."

"그러시군요. 일단 이리로 오시지요."

니시오 과장은 뒤에 서있는 최강훈 일행을 보았지만 누가보아도 경호원의 복장이었기에 별도로 인사를 나누지는 않고 그녀들을 안내하였다. 최강훈 역시 말론도와 엘렌과 같은 경호 복장을 하고 있었기에 그에 대한 별도의 예우는 없었다.

니시오과장은 내심 치안이 확실한 일본에 오면서 무슨 경호원이냐는 생각을 하였지만, 그것을 밖으로 표현할 만큼 경우가 없지는 않았다.

김강숙, 강서영과 인사를 나눈 니시오 과장은 회의장으로 그녀들을 안내하였다. 그리고 잠시만이라며 양해를 구한 뒤 곧 50대 중반 정도로 보이는 중년인을 모시고 왔다. 니시오 과장이 그를 수행하는 모습이 한눈에도 그의 상급자임을 알 수 있었다.

니시오 과장이 데리고 온 키무라 부장은 깔끔하게 다듬어진 머리스타일에, 다소 통통한 체형으로 무테안경까지 쓴 모습이 전형적인 일본의 비즈니스맨으로 보였다.

"반갑습니다. 저는 키무라 부장이라고 합니다."

키무라 부장은 자신을 소개하며 김강숙과 강서영에게 악수를 권했고, 그렇게 간단히 인사를 주고받은 후 소규모 회의장에서 회의를 시작하였다.

먼저 김강숙 차장이 이야기를 시작했다.

"부장님, 저희 KM과 스즈키 정밀산업 매각 건은 거의 다 합의에 이르렀다고 생각했는데, 갑자기 일정을 딜레이 시키시는 이유가 무엇입니까? 혹시 협상을 파기하실 생각 입니까?"

김강숙은 은근히 물어보는 것도 아니라 단도직입적으로 핵심을 물어보았다. 다소 무례하게 느껴질 수도 있었지만 이것이 김강숙의 전략이었다.

예상대로 키무라 부장은 약간 당황하는 듯한 모습을 보였다. 하지만 키무라 부장 역시 나름 비즈니스 쪽에서는 산전수전을 다 겪어보았기에 이내 자세를 잡고 대답하였다.

"허허. 김 차장님, 성격도 급하십니다. 숨 돌릴 틈도 주지 않고 바로 물어보시는 군요. 벌써 협상만 한 달째 하고 있는데 그렇게 쉽게 협상을 접을 리가 있겠습니까? 다만 시기가 좋지 않아서 그 시기를 보자는 것입니다."

"시기는 지금이 딱 적절한 시기인 것 같습니다만? 어차 피 스즈키 그룹에서 정밀 공업을 매각하실 생각이라면 지금 상황이 좋지요. 이제 스즈키 정밀 공업도 노후기기 교체 시기가 되었으니 말입니다."

노후기기 교체 이야기가 나오자 강서영이 준비했던 자료를 찾아 김강숙 차장에게 건내주었다. 이번 미팅에서 서포트를 맡은 그녀의 역할이었다. 어차피 김강숙과 한민호가 담당한 업무이기에 며칠만에 업무를 파악해야 했던 강서영이 할 수 있는 일에는 한계가 있었다. 강서영이 건내준 자료를 받은 김강숙은 해당 부분을 가리키며 말을 이었다.

"저희가 조사한 자료에 의하면 지금 이 시기가 지나면 기기 노후화로 인한 매출액의 감소가 본격적으로 시작 될 것이라 판단됩니다. 계속 사업을 영위하려면 기기 교체가 되어야겠지만, 그것이 아니라 매각하려면 지금이 딱 좋은 시기이지요."

김강숙 차장이 날카롭게 핵심을 찔러갔다. 이미 KM그룹에서는 각종 보고서 및 조사를 통해서 스즈키 정밀공업의 기기 상당부분이 노후화 되어있는 것을 확인하였다.

김강숙의 말처럼 기기를 교체하지 않는다면 기기 노후화 때문에 매출액 감소가 불가피한 상황이었다. 스즈키 정밀 공업에서는 지금이 회사의 가치를 가장 높게 받을 수 있는 시점이라고 할 수 있었다.

김강숙의 말에 키무라의 눈이 약간 커졌다. 이 정도까지 디테일하게 자신의 회사를 파악하고 있을 줄은 몰랐기 때문이었다.

"참 자료조사를 많이 해오셨군요. 좋은 시기라… 맞는 말입니다. 하지만 그룹의 입장에서는 가장 높은 가격을 지불하는 회사와 거래를 하는 것이 맞는 일이겠지요. 조금 더 시기를 기다리다 보면 더 좋은 가격이 형성될 것 같기도 하구요."

좋은 가격이라는 이야기에 김강숙은 다시 한 번 촌철살인의 한마디를 던졌다.

"현승 이야기입니까?"

현승이라는 이야기에 당황하였는지 키무라는 자세를 바로하며 외마디 신음과 같은 말을 내뱉었다.

"어… 어떻게…."

현승에서 극비리에 접촉을 해왔고, 아직 협상 테이블조차 오픈한 상태가 아니었기 때문에 키무라는 김강숙이 현승에서 접근하고 있다는 정보를 알고 있다는 사실에 놀랄 수밖에 없었다.

"저희 KM그룹을 낮추어보시는 것 같네요. 저희도 내외부적인 정보망이 있습니다."

김강숙의 말에 더 이상 숨길 수는 없다는 판단을 하였는지 키무라 역시 사실대로 그녀에게 털어놓았다.

"허… 제가 한방 맞았네요. 차장님의 말씀이 맞습니다.

현승에서 접촉해 들어왔는데, 협상도 해보지 않고 저희가 헐값에 스즈키 정밀을 넘길 수는 없지요."

"저희가 제시한 가격이 헐값은 아닐 텐데요?"

"아. 저희도 충분히 인지하고 있습니다. 그러니 지금껏 협상을 진행해 왔지요. 하지만 가격이라는 것은 항상 상대적인 것 아니겠습니까? 만약 현승에서 더 높은 가격을 부른다면 저희로서는 그쪽과 이야기를 하는 것이 당연한 일이겠지요."

김강숙 차장은 내심 한숨을 쉬었다. 현승에서 관심을 둔다는 첩보만 입수하였을 뿐인데 키무라의 반응을 보니 벌써 한차례 접촉이 있었던 것 같았다. 어차피 그들의 입장에서는 경쟁을 통해서 가격을 올리는 것이 가장 좋은 방법일 것이니 그들을 비난 할 수는 없었다. 하지만 여기서 포기하려 했다면 그녀가 이곳까지 오지는 않았을 것이었다.

"부장님도 저희 KM의 자금력을 아시니 다른 말씀을 드리지는 않겠습니다. 다만 단지 가격만을 생각하기에는 걸리는 부분이 많지 않습니까? 예컨대 고용 승계의 문제나, 사업물량의 문제 등도 있지 않습니까?"

"무슨 말씀입니까?"

"현승에는 이미 현승테크라는 정밀기계 쪽에서 선두권에 있는 업체가 계열사로 있지 않습니까? 아마 스즈키 정밀이 인수되면 현승테크와 업무영역이 상당히 겹치고 그로 인해서 인력 구조조정이나 사업물량의 감소는 당연한 수순이겠지요."

"흐음…"

키무라 부장도 그것을 모르는 것은 아니었다. 그래서 현 승과의 협상테이블 마련을 다소 망설인 감도 있었다.

키무라 부장의 반응에 이야기가 먹힌다고 생각한 김강 숙 차장은 준비했던 당근과 채찍을 풀어내며 그의 설득에 전력을 다하였다. 한참동안 회의를 이어갔지만, 키무라 부 장의 권한에 한계가 있었는지 최종적인 결론이 내려지지 는 않았다.

김강숙 차장 역시 키무라 부장이 위의 승인을 얻어야 된 다는 것을 눈치 채고 내일 오전에 다시 회의를 하는 것으 로 이야기를 마무리 하였다.

미팅을 마치고 나니 이미 시간은 저녁 무렵이 되었고 이 제야 일행은 숙소로 이동하였다.

⟡

호텔 앞에 도착하자 김강숙 차장이 뒤에 있는 경호원들 의 눈치를 슬쩍 보더니 그들이 듣지 못하도록 목소리를 낮 추어 강서영에게 말을 걸었다. 물론 능력자인 세 명은 김 강숙의 목소리가 생생하게 들렸다.

"강 대리, 일단 오늘 미팅은 끝났으니까. 남자친구랑 시내 구경이라도 좀 하고와."

김강숙의 말에 강서영은 뜻밖이라는 표정으로 그녀에게 되물었다.

"네? 그래도 되요, 차장님?"

"그래, 강 대리는 서포트 하러 왔으니 너무 신경쓰지는 말어. 어차피 디테일한 부분에서는 아직 잘 모르는 부분이 많을 테니까. 난 숙소로 들어가 한 대리랑 전화 좀 해야겠어."

"아…."

"그래도 내일 일정이 있으니 너무 늦지 말구. 그리고 잠은 호텔에 들어와서 잘 꺼지?"

김강숙은 잠을 이야기 하며 눈을 찡긋 거렸다. 최강훈을 염두에 두고 한 말이었다.

물론 농담이었지만 그런 김강숙의 농담에 강서영의 얼굴은 빨갛게 달아올랐다. 아직 키스 한 번 못한 강서영에게 너무 자극적인 농담이었기 때문이었다.

뒤에서 듣고 있던 최강훈 역시 김강숙의 그런 농담에 얼굴이 달아올랐다. 그런 모습을 보며 말론도와 엘렌은 재미있다는 듯 엷은 미소를 지었다.

만일 강서영이 뒤를 돌아보았다면 최강훈도 얼굴이 달아올라 있는 것을 볼 수 있었을 것이지만, 강서영은 그저 고개를 푹 숙이고 기어들어가는 소리로 대답했을 뿐이었다.

"다… 당연히 들어오죠…."

"호호호. 그래 너무 늦지 않게 들어와. 키 하나는 카운터에 맡겨놓을게."

"네. 차장님."

남자 선배가 그런 말을 했다면 성희롱이라고 할 수도 있었지만, 40대 중반의 골드미스 김강숙 차장은 이런 수위 있는 농담도 상대방의 기분이 상하지 않게 적절하게 구사할 수 있는 센스가 있는 여자였다.

김강숙은 뒤에 있는 경호원들에게 인사를 하고 숙소로 들어갔다. 다른 계열사이지만 그래도 이사 직급에 있는 최강훈이 함께 있었으니 인사를 하지 않을 수는 없었을 것이었다.

그렇게 김강숙이 들어가자 말론도가 최강훈의 눈치를 슬쩍 살피더니 입을 열었다.

"최 이사님, 저도 엘렌과 먼저 숙소로 들어가 있겠습니다."

말론도 역시 아까 전 김강숙의 말을 들었기에, 자신과 엘렌이 당연히 자리를 피해주어야겠다고 생각하고 있었다.

최강훈이 이사로 취임한 뒤로 말론도는 그에게 깍듯이

상급자의 대우를 해주었다. 어차피 최강훈은 마스터의 경지에 올라 자신보다 월등한 무력수준을 갖고 있었고, 강민의 의동생과도 같은 존재로 비록 말론도가 나이는 훨씬 많을지라도 존대를 하는데 어색하지는 않았다. 오히려 말론도는 전과 같은 약간 미묘한 관계보다 이것이 더 편하다는 생각이 들기도 하였다.

"아… 그… 그래요."

말론도의 말에 최강훈은 아직도 붉어진 얼굴을 가라앉히지 못하고 대답을 하였고, 이내 호텔 앞에는 최강훈과 강서영만이 남아있었다.

다들 자리를 떠나고 나자 강서영은 아까 농담의 여파로 생긴 이 어색한 분위기를 덮기 위해 애써 쾌활한 목소리로 최강훈에게 말했다.

"강훈아, 우리 어디로 갈까? 아. 출장 온거니 최 이사님이라 불러야 하나?"

강서영의 목소리에 정신을 차렸는지, 최강훈도 평소와 같은 모습으로 그녀에게 대답했다.

"최 이사는 무슨, 평소처럼 불러요. 누나."

"히히, 그렇지?"

짧은 대화에도 어느새 어색한 분위기는 사라졌다. 평소처럼 분위기가 돌아오자 둘은 여행을 온 보통의 연인들처럼 신주쿠 근처 유명 관광지를 이리저리 찾아보았다. 출장

이라 관광가이드북 같은 것은 따로 챙기지 않았기에 강서
영은 스마트 폰으로 이리저리 구경할 만한 곳을 찾기 시작
했다.

"이미 저녁이니 멀리까지 가볼 수는 없을 것 같고 여기
인근만 돌아보자. 어차피 여기도 신주쿠니까 이 인근에도
구경 할 거리 많을 것 같아."

"그래요. 누나."

회사일로 온다고 생각해서 이런 기회가 있을 것이라고
는 생각하지 못했는데 이렇게 둘이 같이 관광을 할 수 있
는 상황이 되자, 최강훈은 물론이고 강서영까지 살짝 들뜨
는 마음이 드는 것은 어쩔 수 없었다. 둘 다 해외여행은 처
음이었기 때문이었다.

우선 저녁을 해결하기 위해서 강서영은 신주쿠 맛집을
검색하였다. 아무래도 이런 기기를 사용하는데는 최강훈
보다 강서영이 익숙하였기에 그녀가 리드할 수밖에는 없
었다.

"음… 돈친칸이라는 돈가스 집이 유명하다던데 그리로
가보자."

"네, 누나."

둘은 스마트폰에 나온 지도를 보고 이리저리 찾아 식당
에 도착하였다. 식사를 마친 이후 신주쿠 내 명소 여기저
기를 둘러보았는데 그 모습이 어느 연인들과 다를 바가 없

었다.

관광지를 찾아가는 것은 주로 강서영이 리드를 했는데, 최강훈은 둘이 이렇게 같이 있다는 것만으로도 신나는지 여행장소를 고르는 것에는 아랑곳 하지 않았다. 물론 여자친구와의 여행자체가 처음이라 리드라는 자체를 잘 모르는 것도 있었다.

그렇게 너댓시간 넘게 신주쿠 인근을 구경하며 돌아다닌 최강훈과 강서영은 자정이 다되어가는 시간이 되자 내일을 기약하며 숙소로 돌아갔다.

✧

다음날도 스즈키 그룹과의 협상은 비슷한 상황으로 흘러갔다. 오전부터 미팅이 준비되어 키무라 부장과 줄다리기 협상을 하였는데, 스즈키 그룹의 고위층에서는 아직 결정을 짓지 못했는지 미팅은 지지부진한 상황만 이어졌다.

아무래도 그룹 고위층의 결단이 없다면 이번 출장에서 큰 진전은 없을 것 같아보였다. 그래서 시간이 갈수록 김강숙 차장의 분위기는 점차 가라앉고 있었다. 그녀는 이 프로젝트에만 두세달간을 집중했었기에 어떻게든 성과를 보이고 싶었기 때문이었다.

반면, 김강숙의 눈치를 보고는 있지만, 강서영은 생전

처음 오는 해외에서 연인과 함께 하고 있어 즐거울 수밖에 없었다.

애초에 강서영의 담당업무도 아니었고 단지 서포트를 위해서 온 것이라, 그녀는 김강숙보다 부담감이 덜 할 수밖에 없었다. 또한 김강숙은 어차피 업무 때문에 강서영에게 신경을 써줄 수 있는 상황도 아니었기에 미팅을 마치고 나면, 김강숙이 먼저 강서영에게 밖으로 나가길 권했다. 최강훈과 데이트를 하라는 것이었다.

그렇게 화요일부터 오늘 목요일까지 3일 연속으로 미팅을 하였지만 여전히 성과는 없었고 내일까지 성과가 없으면 이제 귀국을 할 시점이 되었다.

오늘도 성과없이 미팅을 마친 김강숙은 다소 가라앉은 표정으로 먼저 숙소로 들어갔다. 강서영은 그런 김강숙의 모습에 왠지 모를 미안한 감정이 들어서 오늘은 나갈 생각을 하지 않고 같이 숙소로 들어갔지만, 김강숙은 강서영에게 오늘이 마지막 날이니 후회 없이 놀다 오라고 오히려 그녀를 밖으로 보냈다.

강서영이 최강훈을 3년이나 기다린 이야기는 김강숙 역시 알고 있었기 때문에 그녀를 배려해 준 것이었다. 또한 내일까지 일본에 있기는 하지만 내일은 미팅을 마친 후 바로 귀국이기 때문에, 오늘이 마지막이라는 김강숙의 말 역시 맞는 말이었다.

강서영은 내심 미안한 마음이 들었지만, 김강숙의 말처럼 오늘이 일본에서 데이트를 할 수 마지막 날이라는 생각에 김강숙의 배려에 감사해하며 다시 최강훈과 함께하는 시간을 보내기 위해 나왔다.

그렇게 강서영과 최강훈은 데이트를 즐기며 하라주쿠를 걷고 있었는데, 갑자기 최강훈이 멈춰섰다. 뜻밖의 익숙한 기척이 느껴졌기 때문이었다. 익숙하기는 하였지만 확실한 것은 아니었기에 그는 잠시 멈춰 눈을 감고 집중을 하기 시작했다.

마스터의 기감은 집중하지 않더라도 인근 100미터 정도는 충분히 자신의 영역이라 할 수 있을 정도로 손에 잡힐 듯 파악할 수 있었다. 하지만 지금 최강훈은 그보다 넓은 범위를 보려 하고 있었다.

강서영은 한참 이야기를 나누다 갑자기 말이 없어진 최강훈을 보여 의아한 표정을 지었지만, 최강훈의 심각해 보이는 모습에 그를 방해하지는 않았다.

몇 분의 시간이 지난 뒤 최강훈은 눈을 떴다. 최강훈이 눈을 뜬 것을 확인하자 강서영이 그에게 물었다.

"강훈아. 무슨 일이야?"

최강훈은 뭔가 혼란스러운 표정이었지만 크게 내색을 하지 않고, 그녀에게 답했다.

"누나, 미안한데 내가 확인해봐야 할 일이 있어요. 오늘은 그만 숙소로 들어가지 않겠어요? 내가 말론도에게 연락을 할께요."

갑작스러운 최강훈의 말에 강서영은 약간 당황했다. 일본에 처음 온 최강훈이 확인할 일이 무엇이 있겠는가? 무언가가 있다는 생각에 강서영은 침착하게 말을 이었다.

"무슨 일인지 모르겠지만, 내가 알 수 있게 설명해주면 안 될까? 이렇게 그냥 숙소로 돌아간다면 나 무척 답답해질 것 같은데 말이야."

강서영의 조리있는 말에, 최강훈은 미안하다는 표정으로 그녀에게 대답하였다.

"미안해요, 누나. 제가 너무 성급했네요. 수아한테 쌍둥이 남동생이 있는거 알죠?"

"아, 수강이라고 했던가? 우리 집에 같이 오지 못한 동생이 있다고 했었지. 근데 왜?"

"맞아요. 수강이. 그런데 조금 전에 마치 수강이의 기감처럼 보이는 기감이 느껴졌었거든요. 그래서 한 번 확인해보려구요."

"뭐? 제주도에서 헤어졌다고 하지 않았어?"

"네. 3년이 넘게 지났으니 뭍으로 올라갔을 수도 있지만, 혹시 모르죠. 여기까지 왔는지 말이에요. 아직은 긴가민가 하는 상황이라 한번 확인해보기는 해야 할 것 같아요."

과거에는 몰랐지만 마스터가 된 이후에는 사람마다의 기감이 확연히 다르게 느껴졌다. 능력자의 마나파문을 느낄 수가 있게 된 것이었다. 아직 일반인들의 미약한 마나파문까지 구분하기는 힘들었지만, 능력자들의 마나파문은 확실히 차이가 났다.

다만 한수강의 기감은 마스터가 된 이후에 확인한 적이 없었기에, 지금 최강훈은 다소 헷갈리는 상황이었다. 그래서 확인해보고자 하는 것이었다.

최강훈의 설명을 듣고 나니 강서영은 그의 입장이 이해가 갔다. 그녀는 아직 한수강을 한 번도 보지 못했지만 최강훈에게는 그가 돌보아 주어야 하는 가족이나 다름없는 존재였다. 마치 강민이 그들을 그렇게 느끼는 것처럼 말이다.

"음… 그래 그런 일이라면 가봐야 겠네. 여기서 숙소까지 가는 길은 알고 있으니까 굳이 말론도한테 연락 안해도 돼."

"그래도, 만일이라는 게 있으니까요. 말론도 올 때까지 잠시만 기다려 주세요."

"만일은 무슨, 일본처럼 치안이 좋은 곳에서 말야. 그럼 나중에 봐~"

강서영은 강민이 그녀와 최강훈이 같이 있게 하려고 최강훈을 출장에 동행시켰다고 생각했지만, 그것이 아니었다.

최강훈은 실제로 강서영의 경호를 위해서 따라 온 것이었다. 그런 상황에서 그녀 혼자 보낼 수는 없었다. 그래서 최강훈은 그녀의 팔을 덥썩 잡고 진지하게 다시 말했다.

"누나. 제 말 들어주세요. 말론도에게 연락하면 5분도 안 되서 올테니까 조금만 기다려 주세요."

최강훈의 진지한 모습에 강서영은 그것을 거절할 수 없었다. 연하남이지만 이럴 때는 마치 오빠와 같다는 생각을 하며 강서영은 더듬거리며 대답을 하였다.

"그… 그래…."

강서영의 대답을 들은 최강훈은 말론도에게 연락하여 이곳의 좌표를 불러주었다. 말론도의 능력라면 5분은커녕 1분도 되지 않아 도착할 수 있을 것이었다.

최강훈이 그녀를 데려다 주고 올 수도 있었지만 지금 한 수강으로 추정되는 기감은 최강훈이 느낄 수 있는 기감의 경계에 거의 다다라 있었다. 그래서 반대쪽인 숙소 쪽으로 그녀를 데려다 준다면 그의 기감을 놓칠 수도 있을 것이었다.

다행히 지금은 멈추어 있어 그 기감을 잡고 있지만, 얼마나 멈추어 있을 것인지는 몰랐기에 그의 속은 타들어갔다. 다만 그런 기색을 그녀에게 보이지는 않았다. 이런 사실을 알아챈다면 강서영은 그녀를 두고 어서 떠날 것을 종용할 것이기 때문이었다.

최강훈의 급한 연락을 받은 말론도는 전화를 마친지 1분도 채 되지 않아서 최강훈과 강서영 옆에 갑자기 나타났다. 급하다는 것을 알아챈 말론도가 안개화를 통해서 순식간에 날아왔던 것이었다.

말론도가 나타난 것을 알아챈 최강훈은 급히 강서영에게 인사하였다.

"누나, 여기 말론도가 왔으니. 조심해서 들어가세요. 그럼 내일 뵈요~"

"강훈아! 늦더라도 숙소 들어오면 문자라도 남겨!"

"네! 누나!"

대답은 하였지만 최강훈의 모습은 어느새 사라져버리고 말았다. 순식간에 속도를 내어 마치 순간이동이라도 한 것처럼 보였기 때문이었다.

최강훈은 주위의 시선을 신경 쓰지 않기 위해서 마법기의 인식장애마법까지 가동하여 달려나갔다.

공교롭게도 최강훈이 이동을 시작한 시점부터 한수강이라고 추정되는 인물 또한 도쿄 외각을 향해서 빠른 속도로 달려 나갔다. 하지만 마스터의 경지에 오른 최강훈의 속도는 보통 능력자들에 비해서 월등히 빨랐다.

4장. 격돌

NEO MODERN FANTASY STORY & ADVENTURE

현세귀환록

現世
歸還錄

4장. 격돌

　얼마 지나지 않아 최강훈은 한수강이라 추측되는 인물이 보이는 곳까지 따라 왔다. 하지만 기감에서 느껴진 대로 그는 혼자서 달리는 것이 아니라 비슷해 보이는 능력자들 30명과 함께 달려가고 있었다.

　그들은 일본의 전형적인 닌자와 같은 복장으로 온 몸을 감싸는 검은 색 옷을 입고 있었는데, 얼굴마저 복면으로 감싸고 있었기에 한수강이 맞는지 아직은 확인할 수 없었다.

　기감만으로 보아서는 8할 정도는 확신하고 있으나, 아직은 완전히 확신할 수 있는 상황은 아니기에 최강훈은 섣불리 그들을 막아 세우지는 않았다.

혹시 한수강이 아닐 수도 있었고, 설령 한수강이라 하더라도 집단행동을 하고 있는 그에게 이렇게 갑자기 나타난다면 문제의 소지가 될 수도 있었기 때문이었다.

특히 이렇게 신분을 감추고 있는 집단 앞에 갑자기 나타난다는 것은 적대적 행동을 하는 것과 마찬가지의 행위였다.

그래서 최강훈은 우선 그들의 뒤를 따르다 복면을 벗거나, 한수강이 혼자가 되는 시점에 나서서 진짜 한수강이 맞는지 여부를 확인할 생각이었다.

복면인들은 최강훈이 따르는지도 모르고 한참을 달려나갔는데 아무래도 암암리에 임무를 수행하러 가는 모습이었다. 복장도 그렇고 인적이 드문 곳으로만 이동하는 모습이 비밀리에 수행하여야 하는 임무를 맡았음을 추측하게 하였다.

삼십여분 정도 그들의 뒤를 따르다 보니 어느새 도시를 벗어나는 곳까지 다다랐다. 조금 더 지나 사람이 다니는 흔적이 보이지 않는 숲 속 공터에 도착하자 리더로 보이는 인물이 수신호를 하였다. 그 수신호에 모두들 멈추어 섰고 이내 품속에서 손바닥 반 정도 크기의 마치 조개 껍데기와 비슷한 둥근 형태의 장치를 꺼내 가운데 붙어있는 붉은 색 버튼을 눌렀다.

그 모습을 지켜보던 최강훈은 깜짝 놀랐다. 그들이 버튼을 누르는 순간, 그들의 기감이 극적으로 흐려졌기 때문이었다. 신경써서 집중하지 않는다면 마스터에 오른 자신으로서도 기감을 느낄 수 없을 정도로 그들의 기감이 거의 느껴지지 않았다.

이 정도로 기감을 조절하려면 마스터의 경지에 들지 않고서는 불가능할 것인데, 그들이 방금 사용한 장치가 어떤 기물인지 그것을 가능하게 해주었다.

만일 뒤에서 그들의 모습을 지켜보지 않고 시야가 닿지 않는 곳에 있었다면, 최강훈은 그들이 갑자기 사라졌다고 판단 할 정도로 기감이 사라졌다.

그들의 기감이 사라짐과 동시에 1킬로미터 정도 전방에서 강대한 마나의 발현이 느껴졌다. 적어도 마스터 급의 마나 파동이었다.

그리고 그것은 한 곳이 아니었다. 한 곳에서 마나의 강대한 존재감이 드러남과 동시에 거의 같은 지점에서 비슷한 규모의 마나 파동이 한 번 더 일어났다.

이윽고 그 두 마나의 원천이 격돌하였는지 어마어마한 마나 충돌이 느껴지며 얼마 지나지 않아 최강훈이 있는 곳까지 마나 폭풍이 날아왔다. 강대한 마나를 지닌 두 존재가 전투를 벌이는 것이 틀림없었다.

최강훈은 지금 한수강이라 짐작되는 사람만 없었다면 당장 그곳으로 달려가서 그들의 전투를 지켜보고 싶었다.

자신이 마스터 급에 오르기는 하였지만 아직 다른 마스터들을 보지 못했기에 그들의 대결을 보며 자신의 무력을 간접적으로나마 확인 해보고 싶었기 때문이었다.

마스터를 훌쩍 뛰어넘는 강민이 있었지만 말 그대로 마스터를 훌쩍 뛰어넘었기에 감히 그와 비교해서 최강훈 자신의 전력을 점검하기에는 무리가 있었다.

그래서 지금 앞에서 벌어지는 마스터 간의 결전이 너무도 궁금하였다. 하지만 몇 년만에 잡은 한수강의 흔적을 내팽개치고 그리로 갈 수는 없었다.

이런 최강훈의 마음을 알아차린 것처럼 공교롭게도 최강훈이 대결을 보고 싶다는 생각을 함과 동시에 리더로 보이는 한 복면인이 수신호를 하였다. 그리고 수신호에 따라 30여 명의 복면인들이 대결이 벌어지는 곳으로 천천히 이동하기 시작했다. 그들의 목표 역시 조금 전 마나 발현을 했던 존재들인 것 같았다.

그 이동은 느린 속도로 조심스럽게 이루어졌다. 모종의 장치를 통하여 기감을 최대한 감추기는 하였으나 마나에 민감한 마스터의 능력이라면 그들의 접근을 알아차리는 것이 불가능한 것은 아니었다. 다만, 지금처럼 전투에 집중하고 있다면 이야기는 다를 것이었다.

그렇게 복면인들은 기감을 감추고 천천히 5분여를 이동하였다. 마치 태풍의 중심으로 다가가듯 거센 마나 폭풍이 그들이 가는 앞길을 막고 있었지만 그들은 천천히 천천히 조금씩 조금씩 앞으로 나아갔다.

그들이 가는 길은 실제 태풍이라도 온 것처럼 무성히 우거진 나무들이 사정없이 흔들리고 있었고, 나뭇잎들은 우수수 떨어져 사방으로 날리고 있었다.

그런 마나 폭풍을 뚫고 조금 더 앞으로 나가자, 숲이 끝나는 곳 앞으로는 넓은 공터가 보였다. 그리고 예상대로 그 공터에는 경천동지한 전투가 벌어지고 있었다.

그 곳에선 옥색 도포를 입은 70대 정도로 보이는 노선비와 일본 사무라이 복장을 한 50대 정도의 중년인이 대결을 펼치고 있었다.

콰앙~쾅~ 쾅~ 쾅!

노선비의 환도와 사무라이의 일본도가 부딪힐 때마다 쇳소리가 아닌 폭탄이 터지는 것 같은 소리가 나면서 그 파동이 사방으로 흩어졌다.

충격에 따른 마나 파동이 발생 할 때마다 복면인 중 몇몇은 몸을 잘 가누지도 못했지만 은신만은 굳게 유지한 채 전투를 지켜보고 있었다.

뒤에서 그 모습을 지켜보던 최강훈은 복면인들이 어느 쪽 편인지 알 수는 없었지만, 그들이 그 전투가 끝나는 시점을 노린다는 것은 알 수 있었다.

노선비와 사무라이가 보이는 무력의 수준이라면 복면인

들은 물론 숨어있는 최강훈의 기척까지 느낄 수 있을 것 같았지만, 지금 그 둘은 대결에 집중하고 있는 터라 백 미터도 채 떨어지지 않는 곳에 은신하고 있는 복면인들도 아직 눈치 채지 못한 것 같았다.

아니 눈치 챘다하더라도 지금의 전투에 집중해야 했기에 한눈을 팔 수 없었을 수도 있었다. 아무래도 복면인들이 사용했던 장치가 그들의 이목을 흐리는 것에 결정적인 역할을 한 것 같았다.

당분간 그 복면인들이 이동하지 않을 것으로 보이자, 최강훈도 마음 놓고 노선비와 사무라이 간의 대결을 지켜보았다.

중년 사무라이의 공세는 날카로웠다. 일도(一刀), 일도가 자신의 생사를 도외시하고 필사의 각오를 담은 필살도(必殺刀)로 보일 정도였다.

지금도 사무라이는 노선비의 가슴팍을 향해 번개처럼 일본도를 찔러갔는데 그 속에 담긴 마나는 둘째 치고 그 기세가 엄청났다. 일반인이라면 그 일본도에 실린 기세만으로도 정신을 놓을 수 있을 정도로 강렬한 기파가 실려 있었다.

반면 노선비의 움직임은 유려하다는 말이 맞을 정도로 느긋하였고 여유로웠다. 하지만 노선비의 표정은 움직임과는 달랐다. 사무라이의 공세에 긴장했음이 역력히 드러나는 표정이 그의 행동에서 보이는 것처럼 느긋한 상황은 아님을 알 수 있었다. 아마 노선비가 지닌 무공의 특성이 그런 유려함을 보이는 것 같았다.

노선비는 자신의 가슴을 찔러오는 사무라이의 날카로운 일본도를 향해 자신의 환도(環刀)를 같이 뻗었다. 하지만 그 도세는 마치 나비가 구름 위를 노니는 것처럼 부드럽게 흘러갔고, 사무라이의 일본도는 그 도세에 휘말려서 최초 목표로 했던 노선비의 가슴을 찌르지 못하고 어깨 위로 넘어가고 말았다.

그리고 그렇게 사무라이의 검을 흘려낸 노선비의 환도는 짧은 타원의 궤적을 그리며 사무라이의 목을 향해 날아갔다. 수세에서 공세로의 자연스러운 전환이었다.

조금 전 공격에 힘이 실려 있었던 사무라이의 검이 돌아와서 노선비의 공세를 막기에는 늦어보였다.

그러나 그것은 사무라이의 역량을 낮추어 본 것이었다. 어느새 공격을 나갔던 사무라이의 검이 번개처럼 날아와서 노선비의 환도를 쳐냈기 때문이었다.

쾅!

이번에는 사무라이의 검을 흘려내지 못했는지 노선비의 환도는 사무라이의 일본도와 정면으로 부딪쳤는데, 각자의 도의 실려있던 힘이 대단했는지 둘의 도가 부딪힘에 따라 폭탄의 폭음과도 같은 소리가 터져 나왔다.

이후로도 사무라이와 노선비는 격렬한 대결을 치러갔다. 하지만 서로 긴장된 표정에도 아직까지는 둘 다 여유가 있어 보였다.

마스터로 보이는 둘이, 마스터의 상징인 소드오러를 꺼내지 않고 있다는 것만 하더라도 아직 그들이 전력을 다하고 있지 않다는 것을 알 수 있게 하였다.

그렇게 한동안 공세가 더 이어지다 갑자기 사무라이가 훌쩍 뒤로 물러났다. 그런 사무라이의 행동을 노선비 역시 제지하지는 않았다. 마치 이제 탐색전은 끝났다는 것처럼 보여지는 행동이었다. 아니나 다를까 뒤로 물러선 사무라이는 공격자세를 거두며 입을 열었다.

"과연, 화경에 올랐다고 하더니. 거짓이 아니었군. 이가주."

나카타는 일본어로 이야기 하였지만 이극민 역시 일본어에 능숙하였기에 자연스럽게 그의 말을 알아듣고 대꾸를 하였다.

"허허. 자네도 오른 경지에 내가 오르지 못할게 뭔가. 나카타. 그리고 가주직은 아들에게 물려준지 꽤나 오래 되었다네. 이젠 태상가주라네."

이극민은 이제 자신이 가주가 아니라는 말을 나카타에게 하였지만, 나카타는 그런 것에는 전혀 관심이 없었다.

"가주던 태상가주던 내 알바가 아니고, 일본에 건너온

이유가 뭔가? 히데오님의 개로 살다가 히데오님이 죽고 나니 이제 욕심이 나던가?"

나카타는 이죽거리는 표정으로 이극민을 자극했다. 실제로 그 도발이 통했는지 이극민은 더 이상 청수한 표정을 유지할 수 없었다. 히데오의 개라는 말에 이극민의 표정이 무섭게 굳어졌다.

"내가 개라… 히데오가 불쌍해서 살려준 너 따위에게 그런 말을 들을 줄이야. 내가 듣기에 넌 대결에서 패배한 후 히데오에게 목숨을 구걸했다고 하던데. 그게 네가 말하는 사무라이의 행동인가?"

이극민 역시 만만한 입담은 아니었다. 바로 나카타에게 반격을 하였고, 그 역시 목숨을 구걸했다는 말에 얼굴을 굳혔다. 이극민의 말이 틀리지 않았는지 큰 반발을 하지도 못했다.

확실히 나카타는 과거 히데오와의 대결에서 패한 후 그의 아량으로 인하여 살아남았다. 나카타의 당당한 모습에 호감을 느낀 히데오가 한 번의 기회를 더 준 것이었다. 나중에 자신이 생기면 다시 도전하라는 말과 함께 말이다.

결코 자신이 목숨을 구걸한 것은 아니었지만 소문은 이미 그가 목숨을 구걸한 것으로 나버렸다. 나카타 역시 히데오가 그를 살려준 것은 맞았기에 굳이 구구절절한 변명을 하지는 않았다. 사실만 놓고 본다면 억울할 법도 했는데, 그가 평소에 주장하는 사무라이 정신에 따라 변명은 하지 않았다.

"그 사무라이 정신에 따라 히데오님의 유지를 잇기 위해, 이 자리에 나선 것이다. 그런데 너는! 네가 무슨 자격이 있다고 이 일본의 이능세계를 장악하려 하는 것이냐!"

북해도에 있던 나카타가 이 자리까지 온 것은 히데오의 유지를 들었기 때문이었다. 현재 나카타의 곁에 온 헤이안 간부 말에 따르면 오래 전부터 히데오는 그를 후계자로 생각했다고 한다.

애초에 일본에서 히데오를 제외하고는 마스터의 경지에 오른 사람은 나카타 밖에 없었기에 히데오는 종종 자신의 사후에 나카타가 헤이안의 쇼군에 오르게 될 것이라는 언급을 하였다고 했다.

그랬기에 자신에 대한 도전에도 목숨을 뺏지 않고 살려 주었고, 항상 그에 대한 관심을 갖고 있었다고 한다.

그런데 그렇게 히데오가 지키고자 했던 일본을 외부의 세력들이 나서서 장악하려 하고 있었다. 히데오의 유지까지 들은 나카타가 나서지 않을 수 없었다.

지금까지는 유니온이 더 많은 세력을 차지하고 영향력을 발휘하고 있었지만, 나카타의 판단에는 유니온은 충분히 협상이 통할 세력으로 보았다.

유니온이 일본의 이능계를 장악하려는 명분은, 구심점

이 없어 혼란한 일본의 이능세계가 일반인에게까지 피해를 주고 있기에 유니온에서 나서서 그들을 통제하려 한다는 것이었다.

그렇기에 나카타가 일본 이능계의 구심점이 되고 다시 헤이안의 쇼군에 오른다면 유니온과 충분히 협상을 통해 충분히 과거 헤이안과 같은, 과거 쇼군과 같은 위치로 복귀할 수 있을 것이라 판단했다.

하지만 천왕가의 이극민이라면 이야기가 달랐다. 애초에 이극민이 나선 것도 히데오 쇼군과의 친분을 명분으로 그의 유지를 잇겠다고 참전한 것이었다.

들리는 이야기에 따르면 한국에서 수련을 한다고 헤이안의 참사를 피해 살아남은 쇼군의 조카를 내세워 다시 헤이안을 재건하려 한다는데, 쇼군의 조카라는 말도 의심스럽고 기껏해야 A급 정도의 능력자로 헤이안을 재건하려한다는 것에 나카타는 코웃음이 나왔다.

나카타의 생각으로는 이런 이극민의 행동들은 말이 되지 않는 것이었다. 한낱 조센징에 불과한 이극민이 어떻게 쇼군의 유지를 잇는다는 말인가? 그의 생각으로는 화경에 오른 이극민이 일본의 이능세계에 욕심을 내어 거짓 명분을 세운 것으로 밖에 여겨지지 않았다.

문제는 많은 일본 내 이능 단체들이 이극민의 말에 호도되어 그를 따른다는 것에 있었다. 그래서 결국 나카타는 이 자리에 선 것이었다. 이극민을 잡지 않고서는 일본 내 이능세계의 통합은 있을 수 없다는 판단을 했기 때문이었다.

나카타의 노기 섞인 말에 되려 이극민은 비웃음을 담은 말투로 오히려 되물었다.

"너 따위가 어떻게 히데오의 유지를 잇겠다는 것이냐? 아니 애초에 히데오의 유지가 무엇인지 알고나 있나?"

이극민의 말에 나카타가 확신에 찬 어조로 대답을 하였다.

"물론이지. 히데오 쇼군은 우리 일본이 우뚝 서는 것을 바랐을 것이다. 그것이 일본의 이능계를 책임지고 있는 쇼군이 뜻이지!"

나카타의 대답이 어이가 없었는지 이극민은 혀를 차며 나지막이 말했다.

"허어 참. 어처구니가 없구만. 히데오의 생각을 제대로 알지도 못하는 놈이, 어디서 저런 말을 주워들어 설쳐대기는…."

"히데오님의 생각이 어떻다는 말이냐?"

이극민은 할 말은 많았지만, 더 이상 이야기는 하지 않았다. 히데오와 이극민 둘 사이의 비밀을 굳이 다른 사람들에게 알릴 필요는 없었기 때문이었다. 아니 알릴 수가 없었다. 히데오는 이미 죽었지만 히데오와 그 사이의 비밀이 알려진다면, 일본 이능계에서 우상시 되고 있는 과거의 명성마저 흐려질 수 있었다.

히데오는 이대로 일본의 쇼군으로 남아 있는 것이 좋았다. 굳이 비밀을 밝혀 일본에서는 빛났던 그의 이름에 먹칠을 할 필요는 없었다.

지금은 아무도 모르는 비밀이었지만 이극민은 히데오의 형이었다. 즉, 이극민과 히데오는 형제 사이였다. 그랬기에 서로 다른 나라, 다른 집단에 있어서 친하게 지낼만한 공통점이 없었지만 둘은 자주 교류하며 매우 친한 사이라는 이야기를 들을 수밖에 없었다.

사실 둘은 순수한 한국인도 그렇다고 순수한 일본인도 아니었다. 이극민과 히데오는 한국인 아버지와 일본인 어머니 사이에서 태어난 형제사이였다.

이런 상황이니 당연히 그들에게 애국이나 애족 같은 말들은 의미가 없었다. 그들에게는 서로 의지할 수 있는 가족인 둘만이 중요한 의미를 가지고 있었다.

과거 한국이 일본의 지배를 받고 있었을 때, 신화일도류의 계승자 중 하나인 나오미는 한국으로 수행을 나온 적이 있었다. 나오미는 한국에 있는 명산과 유명한 이능단체 등을 돌면서 수행을 하던 중 계룡산에서 천왕가의 종손 이태천과 마주쳤다.

이태천 역시 지리산에 있는 천왕가 본가에서 나와 전국

각지를 돌면서 수행 중이었는데, 둘은 계룡산에서 우연히 마주치게 된 것이었다.

한눈에 서로의 강함을 알아본 둘은 서로가 동시에 비무를 신청했다. 20대 초반, 한창 호승심이 끓어오르는 나이대인 그 둘은 치열한 비무를 치루었다.

둘의 실력은 거의 비등하였는데 결국 간발의 차이로 이태천이 나오미를 이길 수 있었다. 하지만 엄밀히 따지면 이태천의 승리라고는 볼 수 없었다. 그 이유는 단순 비무라고 생각하여 살기 띤 공격을 자제한 나오미에 반해, 이태천은 이기고 말겠다는 호승심에 상대방의 생명을 앗아갈 수 있는 곳까지 가차없이 공격을 감행하였기 때문이었다.

최후의 순간에도 나오미는 이태천의 목을 공격하려다가 치명상을 염려하여 마지막 순간 어깨로 공격을 틀었고, 어깨를 공격한다는 것을 알아차린 이태천은 살을 주고 뼈를 깎는 마음으로 나오미의 복부를 찔러갔다.

그 공격에 나오미는 서둘러 피하려 하였으나 자신의 공격 방향을 바꾸는 것에 먼저 신경을 쓰다보니, 이미 피할 타이밍을 놓쳤고 결국 옆구리에 큰 검상을 입고 말았다. 죽음에 이를 수도 있는 치명상이었다.

나오미가 처음의 공격을 유지하였다면 쓰러지는 것은 이태천이었을 것이지만, 그녀는 그러지 않았고 결국 그녀가 쓰러지고 말았다.

나오미가 쓰러지고 난 다음에야 자신이 무슨 짓을 했는지 깨달은 이태천은 깊은 후회와 함께 온갖 약재를 구해서 정신을 잃은 그녀를 살리려고 하였다.

이태천은 나오미를 의원으로 옮겨 한 달이 넘도록 그녀의 병수발을 들었다. 이태천의 지극정성에 한 달만에 정신을 차린 나오미는 그런 일을 겪고도 이태천을 원망하지는 않았다.

오히려 비무지만 너무 안이하게 대응했다며 스스로를 자책하는 그녀의 모습에 이태천은 더 깊은 죄책감을 느꼈다.

그리고 그런 상황을 겪고도 그에게 잘못이 없다고 말하는 나오미에게 점차 호감을 느끼기 시작했다. 특히 세 달 정도를 병수발을 하며 같이 지내며 많은 이야기를 나눈 둘은 서로에 대한 깊은 호감이 생기기 시작하였다.

첫 만남은 좋지 않았지만 이야기를 나누면서 서로의 진실한 모습을 알게 되었고, 그런 모습에 서로가 점점 빠져들게 되었던 것이었다. 결국 이태천은 나오미에게 구애를 하였고, 나오미 역시 이태천을 받아들여 둘은 함께할 수 있었다.

좀 더 시간이 흘러 사이가 더 깊어진 이태천과 나오미는 아무에게도 알리지 않고 혼약을 맺었고, 각자의 세력으로 돌아가지 않고 계룡산에서 신혼을 시작했다.

이태천이나 나오미는 이능세계와 일반세계가 분리되어 움직여야 한다고 생각하는 사상을 갖고 있었기에, 서로의 국적이 다른 것에 별 다른 편견은 없었다. 하지만 천왕가의 원로들이나 신화일도류의 원로들은 생각이 달랐다.

천왕가의 원로들은 당시 한반도를 지배하고 있던 일제에 대한 뿌리깊은 반감이 있었고, 신화일도류의 원로들은 일본의 지배를 받는 한국인을 인정하지 않고 있었다.

그렇기에 둘은 각자의 세력으로 돌아가지 못했고, 계룡산에서 몰래 신혼 생활을 할 수밖에 없었다.

몰래한 결혼이라지만 둘의 신혼 생활은 행복했다. 그리고 함께한 6년 동안 이극민, 이극영 형제를 낳았다. 하지만 그 행복은 그 때까지였다. 결국 천왕가의 사람들과 신화일도류의 사람들이 그 둘을 찾아냈기 때문이었다.

종손이 몇 년간 본가로 돌아오지 않아서 천왕가에서는 적극적으로 이태천을 찾았고, 신화일도류 역시 수련을 나간 계승자가 몇 년간 돌아오지 않자 그녀를 찾으러 한국으로 사람을 보냈던 것이었다.

비슷한 시기에 둘을 찾은 두 집단은, 서로가 둘 모두를 각자의 세력으로 데려가려고 하였다. 자신의 세력으로 데려가서 죄를 물으려 한 것이었다.

이런 상황에서 두 집단의 대립은 일촉즉발의 상태까지

다다랐다. 자존심 싸움까지 벌어져 이 둘을 찾으러 온 사람들간의 대립을 넘어 천왕가와 신화일도류 세력간의 전면전이 벌어질 수도 있는 상황에까지 가까워지고 있었다.

결국 전면전이 벌어지기 직전 이태천과 나오미는 각각 자신들의 출신 세력에게 설득을 하였고, 두 세력의 충돌을 막기 위해서 이태천은 천왕가로, 나오미는 신화일도류로 돌아가는 것으로 합의가 되었다.

그리고 이극민과 이극영, 두 형제 역시 이극민은 아버지를 따라 천왕가로, 이극영은 어머니를 따라 신화일도류로 가게 된 것이었다.

자진해서 각자의 원래 세력으로 돌아갔지만 그들의 상황은 좋지 않았다. 어느 조직이나 원로라고 불리는 나이가 있는 수뇌부는 보수적인 측면이 짙었고, 적대관계라 할 수 있는 국가의 인물과의 결혼은 그들에게는 용납될 수 없는 일이었다.

이태천과 나오미는 각각 천왕가와 신화일도류의 비기를 유출한 것이 아니냐는 원로들의 추궁마저 들었다.

결국 둘은 각자의 종손과 계승자라는 자리와 직무에서 쫓겨나고 말았고, 무공마저 전폐되어 감금과 다르지 않는 생활을 할 수 밖에 없었다. 부모인 그 둘이 이런 상황에서 그들의 아들들은 더 심한 고초를 겪었다.

이극민은 이극민대로 반쪽은 일본인이라 천왕가 내에서

괴롭힘과 따돌림을 받았고, 일본으로 가서는 히데오로 불리는 이극영은 이극영대로 반은 조센징이라고 이지메를 당하였다.

그렇게 이극민과 히데오는 조국에 대한 애국심보다는 증오심이 깊게 자리하였고, 그들에게 남은 것은 수련 밖에 없었다. 날개가 꺾인 이태천과 나오미 역시 자신의 아들들을 가르치는데 마지막 힘을 다할 뿐이었다.

무공마저 전폐되고 사랑하는 사람과도 이별하고만 이태천과 나오미는 삶에 대한 희망을 잃었는지 그리 오래 살지는 못했고 비슷한 시기에 세상을 떠나고 말았다. 그 때가 이극민이 25살 히데오가 22살이 될 무렵이었다.

부모의 사후, 둘 밖에 남지 않은 이극민과 히데오는 드물게 서로 간에 연락을 주고받는 것 이외에는 미친 듯이 수련에만 힘을 썼다.

히데오의 무에 대한 재능이 이극민을 앞섰는지, 히데오는 40대의 나이에 화경, 즉 마스터의 경지에 올랐다. 그리고 그가 마스터가 되자마자 신화일도류에는 처절한 피의 숙청이 시작되었다.

히데오는 자신과 어머니를 괴롭힌 원로들부터 자신이 반쪽자리 일본인인 것을 아는 모두를 숙청해버렸다. 세력의 힘이 약해지는 것은 그에게 중요하지 않았다. 애초에 신화일도류에 대한 애착도 없었고 마스터인 자신만으로도 무력은 충분하다고 생각했기 때문이었다.

이후 히데오가 마스터에 오른 것을 알게 된 이극민은, 히데오에게 연락을 하여 천왕가의 숙청 역시 부탁을 하였다. 당연히 히데오는 형 이극민의 요청에 따라 암암리에 한국으로 건너가 천왕가 역시 마찬가지의 숙청을 시행하였다. 천왕가에서는 이극민이 직접 숙청을 한 것으로 알고 있었지만, 실제로는 히데오의 도움을 받았다.

당시 이극민의 역량으로는 천왕가의 원로들을 모두 상대하긴 힘들었기 때문이었다. 그 무렵 이극민은 A급 정도의 역량밖에 갖추지 못하고 있어, A급과 A+급이 다수 있는 원로들을 모두 처리하기는 힘든 상황이었다.

결국 히데오의 도움을 받아, 천왕가의 원로 및 이태천의 일에 관계된 모두를 숙청해버렸다.

그 이후로는 이극민은 천왕가의 가주로 히데오는 신화일도류의 당주로 활동하였다. 아직 마스터가 되지 못한 이극민은 천왕가만 수습하는데 온 힘을 다할 뿐이었지만, 이미 마스터가 된 히데오는 전 일본을 아우르는 세력을 만들기 시작했다.

그 결과 히데오는 10여년 만에 헤이안이라는 거대 집단을 만들 수 있게 된 것이었다. 이후 일본에서는 무소불위의 권한을 누리면서 이능계 뿐만 아니라 동명의 기업집단까지 만들어 일반세계에서도 누구도 부럽지 않은 자리까지 올랐다.

하지만 자신의 수하 중의 하나가 강민과 엮이는 바람에 파란만장했던 그의 삶은 허무하게 끝나고 말았다. 물론 이극민은 아직 히데오가 무슨 이유로 죽었는지까지는 모르고 있었다.

처음 이극민이 히데오가 죽은 것을 알고도 2년 동안이나 나서지 못했던 이유도 이 비밀과 관련이 있었다.

퍼니셔라는 알 수 없는 인물이 히데오를 죽인 이유는 명확치 않았다. 단지 하늘밖에 하늘 있다는 문구만이 그가 남긴 전부였다. 하지만 이극민은 만일 그가 히데오와 자신과의 관계를 안다면 자신 역시 그의 타겟이 될 수 있다고 생각하였다.

그래서 퍼니셔가 히데오를 죽인 이유가 자신과 관계가 없다는 확신이 들 때까지는 숨어있을 수밖에 없었다. 마스터인 히데오가 그에게 죽었다면, 마스터도 되지 못한 이극민은 상대도 되지 못할 것이었기에 복수는 생각하지도 않았다.

결국 이극민은 자주 가던 일본에도 발을 끊고, 히데오의 묘소에 참배조차 하지 못하고 천왕가 본가 깊숙이 틀어박혀 있었다. 그가 할 수 있는 것은 수련 밖에는 없었다.

1년이 넘도록 미친 듯 수련만 하다보니 어느덧 한 줄기 빛과 같은 깨달음이 그에게 다가왔다.

그 때까지 이극민은 여전히 A+ 등급으로 마스터가 되는 마지막 벽을 두고 있는 상황이었다. 물론 그 마지막 벽은 시간이 지난다고 넘을 수 있는 벽은 아니었다. 극적인 깨달음이 없다면 그 벽을 넘지 못할 가능성이 더 높았다.

그런 상황에서 마스터가 되는 깨달음이 그에게 내려왔고 그는 당당히 마스터가 되었다. 하지만 이극민은 마스터가 되었다고 바로 수련을 그만두지는 않았다.

검기, 즉 소드 오러를 쓰는 것은 가능하였지만 아직 초월의 영역에는 들어가지 못했기 때문이었다.

히데오가 살아있을 당시 마스터에 오르는 것부터 시작해서 마스터가 된 이후의 수련까지 많은 이야기를 들었는데, 그 중 히데오가 가장 강조했던 것 중의 하나가 초월의 영역이었다.

그 초월의 영역에 들어가지 못하면 마스터들 사이에서는 반쪽짜리 마스터로 불린다는 것 또한 이극민은 히데오에게 들어 알고 있었다.

그래서 마스터에 올랐다고 수련을 그만두지는 않고 1년여의 수련을 더 하여, 결국 초월의 영역에까지 들어갔다. 예전부터 히데오에게 초월의 영역에 오르는 수련에 관한 요령을 들었던 것이 매우 큰 도움이 되었다.

그 이후 자신감을 얻은 이극민은 본격적으로 전면에 나서기 시작하였다.

2년 동안이나 퍼니셔가 자신을 찾지 않았기에 히데오의 죽음이 자신과 관련이 없다는 확신도 들었고, 오히려 마스터에 올라 자신감이 최고조에 달한 지금은 그 퍼니셔와 한 번 붙어 히데오의 복수를 하고 싶다는 생각까지 하였다.

이런 생각으로 이극민은 일본으로 넘어가 히데오가 밟았던 길을 다시 밟으려고 하였다. 헤이안의 재창설을 생각했던 것이었다.

그리고 향후 일본의 이능계를 통합한다면 자신의 두 아들 중의 하나를 내세워, 히데오의 조카라는 명목으로 헤이안의 쇼군으로 만들 계획까지 세웠다. 자신이 직접 나선다면 일본 이능력자들의 반발이 클 것이기 때문이었다.

어차피 유전자 검사를 하면 자신의 아들이 히데오의 조카임이 밝혀질 것이니 명분 역시 충분하였기에 아무런 문제가 없었다.

물론 이극민은 유니온이 선수를 쳐서 일본의 이능세계를 장악하려는 상황을 알고 있었다. 그래서 자신이 아무리 마스터에 올라 과거 히데오와 같은 무력을 지녔다고 하더라도 과거 헤이안처럼 일본의 이능세계를 완전히 통제하는 것은 힘든 상황이었다.

유니온이 지금까지 획득한 일본 이능계에 대한 기득권을 놓으려 하지 않을 것이 자명했기 때문이었다.

그래서 이극민은 현재는 유니온과 대립하며 일본의 이

능계를 장악하려고 서로 겨루고 있지만, 나카타까지 잡고 그의 세력을 흡수한 뒤에는 유니온과 협상을 할 생각을 하고 있었다.

즉, 헤이안의 두 조각을 흡수하여 나머지 두 조각을 흡수한 유니온과 어느 정도 대등한 상태가 되면, 협상을 통해 일본의 이능계를 이원화해서 관리할 생각을 하고 있었다.

따라서 이극민은 조만간 나카타를 만나 그를 처리하고 그의 세력을 흡수할 생각을 하고 있었다. 그렇지만 지금 여기에서 그를 만날 것이라고 전혀 생각하지 못했다.

하지만 어찌되었든 여기서 이극민은 나카타를 만났고, 많은 수하도 함께하지 않은 그에게는 나카타를 처리할 좋은 기회라고 할 수 있었다.

나카타 역시 마스터에 오른 인물이지만, 이극민은 전혀 걱정하지 않았다. 과거 히데오에게 들은 나카타라면 그는 초월의 영역에도 들어가지 못하는 반쪽짜리 마스터이기 때문이었다.

히데오의 말에 따르면 나카타는 무에 대한 재능이 그렇게 높지는 않다고 하였다. 오히려 무에 대한 재능만을 치면 낮은 편이라고 하였는데, 그가 어릴 적에 먹은 영약의 기운과 본능적인 투쟁심과 호전성이 결국 그를 마스터의 경지까지 끌어올렸다고 하였다.

하지만 기본적인 무에 대한 재능이 낮아서 초월의 영역까지는 오르지 못한 반쪽짜리 마스터라고 히데오는 과거 이극민과 대화에서 나카타에 대한 평가를 내렸었다.

그래서 지금도 이극민의 표정은 자신만만하였다. 초월의 영역에도 들어가지 못하는 나카타에게 그 영역에 들어갈 수 있는 자신이 질 것이라는 생각은 전혀 하지 않고 있었기 때문이었다.

이극민은 이제 더 이상 나카타와 대화를 주고받을 필요는 없다고 생각했다. 더 시간이 지난다면 나카타의 세력에서도 지원군이 올지도 몰랐다.

아마 자신의 연락이 끊긴 것을 알아챈 자신의 세력에서도 조만간 지원군이 올 것이지만, 난전이 펼쳐진다면 나카타를 놓칠 가능성도 있었기에 이극민은 지금 이 자리에서 나카타를 처리할 생각을 하고 있었다. 그래서 나타나의 질문에 대답도 않고 단도직입적으로 말했다.

"어떻게 내가 이곳에 오는지 알았는지 모르겠지만, 오늘 여기가 네가 서 있을 마지막 장소가 될 것이야."

그런 이극민의 말에 나카타 역시 코웃음을 치며 대답했다.

"마지막? 누가 마지막이 될지는 누구보자고."

"허어. 자신이 있나보군. 반쪽짜리 마스터 주제에 말이야."

반쪽짜리 마스터라는 말에 나카타의 얼굴에 노기가 스쳐지나갔다. 그를 수식하는 여러 호칭이 있었지만, 마스터들 사이에서 나카타는 반쪽짜리 마스터라는 호칭으로 유명했다. 그리고 당연히 그 호칭은 불명예스러운 호칭이었다.

　"이제 마스터에 오른지 몇 년 안 된 당신이 어떻게 그 말을 알고 있는지는 모르겠지만, 날 과거의 나로 본다면 오산이야. 만일 히데오님과 지금 겨룬다면 과거처럼 허무하게 지지는 않을 것이다."

　히데오를 운운하는 나카타의 말에 이극민의 안색이 살짝 변했다.

　'그렇다면 초월의 영역에 들어갔다는 말인가? 아니, 히데오의 말에 따르면 나카타에겐 그런 재능이 없을 것인데? 무언가 특별한 깨달음이라도 있었던 것인가?'

　나카타의 말에 이극민의 머릿속은 복잡해져갔다. 자신이 나카타에게 자신만만했던 이유가 나카타는 초월의 영역에 들어가지 못한다는 것 때문이었는데, 만일 나카타가 초월의 영역에 들어갈 수 있다면 자신이 더 불리한 상황이기 때문이었다.

　그도 그럴 것이 나카나는 마스터에 오른 지 벌써 십년이 넘었고, 자신은 이제 2년이 지난 시점이니 마스터의 단계에서 경험은 나카타가 월등히 높다고 할 수 있었다.

하지만 이제 와서 발을 뺄 수는 없었다. 자신의 무를 믿고 부딪쳐 보는 수밖에는 없었다. 히데오의 말에 따르면 나카타가 초월의 영역에 들어가기는 힘들 것이라 했으니 지금 나카타는 허세를 부리고 있을 지도 몰랐다.

"지금이라도 네 놈 따위가 히데오를 감히 상대할 수 있겠느냐? 이제 본격적으로 해보자."

말을 마친 이극민의 환도에는 넘실거리는 푸른 빛이 줄기줄기 흘러나왔다. 마스터의 상징 소드 오러였다.

이극민의 소드 오러를 본 나카타 역시 이제 대화의 시간은 끝났다는 것을 알아차리고 그의 일본도에 붉은 기운의 소드 오러를 띄웠다.

소드 오러는 사용자의 마나 성향 및 무공의 성향에 따라 달랐는데 이극민의 푸른 색과 나카타의 붉은 색이 대비되어 한층 더 강렬한 인상을 주었다.

문답무용이었다. 아까 전의 대결에 비해서 한층 더 빨라진 몸놀림으로 나카타에게 뛰어들은 이극민은 여전히 부드러움은 남아있지만 강렬한 기운으로 나카타를 공격해갔다.

이극민의 공격에 나카타는 붉은 오러가 실린 일본도로 그 공격을 막아갔는데 그 기세의 날카로움이 일반인이라면 가까이 다가가기만 해도 베일 정도로 날이 서 있었다.

쾅~!

푸른 오러와 붉은 오러가 부딪쳐 강렬한 충격파가 발생하였다. 그 충격파를 시작으로 푸르고 붉은 두 기운이 부딪치며 엄청난 충격파와 충격음이 연이어 발생하였다.

쾅쾅쾅~콰앙!

이극민은 공세를 흘리지 않고 맞받아치고 있는지 아까와 같은 부드럽고 우아한 모습은 보이지 않았다. 정면충돌의 양상이었다.

공방이 이어지며 나카타의 붉은 일본도는 한층 더 짙어져 마치 핏빛을 연상케 할 정도로 검붉게 달아올라와 있었고, 이극민의 푸른 환도 역시 시리디시린 푸른빛을 줄기줄기 뻗어내고 있었다.

지금 상태는 아직 젊고 활력이 넘치는 나카타의 공세를 깊은 마나와 풍부한 경험을 가진 이극민이 받아치고 있는 상태였다. 이극민은 폭급한 나카타의 공세에서 발생하는 허점을 노려서 틈틈이 공격을 해가고 있었지만, 지금 공격의 주도권은 나카타가 갖고 있는 상황이었다.

'역시 검기를 다루는 데는 훨씬 능숙하군. 시간을 끌수록 내가 불리하겠어. 어서 승부를 걸어야겠군.'

승부결을 하려고 마음먹은 이극민의 집중력이 대결을 시작한 이후, 최고조로 올라갔다. 그 집중력에 따라 내부의 마나와 외부의 마나가 공명하며 이극민이 느끼기에 모든 것이 느려지기 시작했다. 초월의 영역이었다.

나카타와 자신의 공방은 여전히 쉴 새 없이 이어지고 있지만, 이극민이 보기에는 너무도 느린 공방이 이어지는 것처럼 보였다. 지금도 자신의 복부를 향해 날카롭게 날아드는 나카타의 일본도가 있었는데, 아까와는 다르게 너무 느리게 날아와 하품이 날 정도였다.

이극민은 역시 느리게 움직이는 자신의 환도를 이용하여 일본도를 쳐내고, 연결동작으로 나카타의 목을 쳐갔다. 느리다고는 하지만 자신의 공세가 나카타의 공세보다는 월등히 빨랐다.

나카타 역시 이극민의 상태가 변한 것을 느꼈다. 기세가 바뀐 것이었다. 이극민은 아까 전까지의 급박한 표정과 모습은 보이지 않고, 마치 그 혼자 홀로 다른 공간에 서있는 듯한 위화감을 보였다.

그리고 그 상태의 이극민은 나카타의 검을 손쉽게 쳐내고, 아까 전 보다 두 배는 빠른 속도로 나카타의 목을 공격해 왔다. 나카타는 이극민이 어떤 상황인지 직감적으로 알 수 있었다.

'크윽! 초월의 영역이군! 어쩔 수 없군, 이 방법을 쓸 수밖에는….'

아직 초월의 영역에 이르지 못한 나카타로서는 승산이 없었다. 하지만 그에게도 비장의 방법이 있었다. 이극민의 공세를 간신히 막아내며 살짝 뒤로 빠진 나카타는 혀로 자신의 입안을 더듬더니 작은 알약을 깨어 먹었다.

그 알약은 깨어짐과 동시에 속에 있던 액체가 입안의 피부로 스며들어버렸고, 나카타는 신세계를 볼 수 있었다.

신경의 속도가 몇 십배는 가속된 느낌이었다. 생각의 속도를 몸이 따라가지 못하고 있었다. 말로만 듣던 초월의 영역이 이런 것이 아닌가 싶었다.

아니나 다를까 아까 전까지는 이극민의 공격을 제대로 보지 못했지만, 지금은 그의 공격 하나하나가 눈에 들어왔다.

'그자의 말에 따르면 이 상태는 길어야 5분이다. 오래가지는 못해. 승부를 걸어야겠군.'

이극민의 공세가 눈에 보이는 이상, 나카타에게 두려움은 없었다. 초월의 영역에 들어간 이후 이극민에게 넘어갔던 주도권은 어느새 나카타에게로 다시 넘어왔다.

이극민이 밀리기 시작했다는 이야기였다.

펑~퍼엉~펑펑~

아까 전의 꽝음에 비해서 한결 가벼워진 충격음이 터져나왔다. 하지만 그에 실린 역도는 아까보다 더 컸다. 서로의 기가 내부적으로 갈무리되어 외부로 터져나오는 파열음이 줄었을 뿐이었다.

일반인의 눈으로는 쫓을 수조차 없는 엄청난 공방들이 이어졌다.

채앵~챙챙챙~

이제는 숫제 마나도 씌우지 않은 검이 부딪치는 것과 같은 쇳소리가 터져나왔다. 그렇지만 보이는 것과는 달랐다.

이런 현상은 더 깊숙이 마나가 갈무리 되어 충격음이나 충격파로 낭비되는 마나가 거의 없어졌다는 것이었다. 주위로 흩어지는 마나파동이 그 격돌에 실린 무거운 마나를 증명해주는 것 같았다.

여전히 나카타가 주도권을 갖고 번개 줄기 같은 도세로 이극민의 전신을 노리고 파상공세를 펼쳤고, 이극민은 재빠르지만 신중하게 그 공격 하나하나를 막아가고 있었다.

5분여의 시간이 지났을까? 무서운 격돌을 주고받던 이극민과 나카타의 공방에 잠깐의 멈춤이 생겼다. 주변에서 보는 사람들이라면 알아차리지 못할 정도로 극히 짧은 순간이었지만, 공방의 당사자들은 확연히 느낄 수 있었다.

더군다나 초월의 영역에 들어간 둘에게는 그 짧은 순간이 엄청나게 긴 시간으로 느껴졌다.

'윽! 힘이 떨어진다. 정말 승부를 걸어야 하겠군!'

나카타는 몸속의 약효가 떨어지는 것이 느껴지기 시작했다. 약효가 끝난다면 당분간은 전혀 마나를 쓸 수 없는 몸이 될 것이기에 나카타는 여기서 승부를 봐야만 하였다. 지금 생긴 잠깐의 틈은 그에게는 마지막 기회였다.

이극민의 사정도 다르지 않았다. 나카타가 초월의 영역

에 들어온 것을 알게 된 이극민은 한 수, 한 수를 신중하게 공격해 갔다. 하지만 나카타는 마치 미친개처럼 자신에게 파상공세를 퍼부었고, 이극민은 간신히 그의 공세를 막아가고 있었다.

이대로 좀 더 지속된다면 노화가 이미 진행된 자신의 몸이 더 버텨내기 힘들 것 같았다. 승부를 낼 시점이었다.

나카타도 비슷한 마음을 먹었는지 때마침 그의 기세가 아까 전보다 강렬해지며 번개같은 도세를 펼쳐냈다.

나카타의 일본도는 이극민의 정수리로 떨어져 내렸다. 밖에서 본다면 빛처럼 빠른 움직임이겠지만, 둘에게는 여전히 느린 공격일 뿐이었다. 그러나 느리게 보인다고는 하지만 자신의 몸은 그 보다 더 느리게 움직이고 있었다.

마지막임을 직감한 이극민은 이 공격을 흘려내며 나카타의 상체를 갈라버릴 생각을 하였다. 그래서 그의 일본도를 막으려고 환도를 올려치는 순간!

나카타의 도에 실린 붉은 빛이 사라지며, 이극민의 환도에 그의 일본도가 잘려나갔다.

'헙!'

이극민의 계획은 나카타의 도세를 흘려내며 그에 대한 반발력을 이용하여 공격하려고 한 것이었는데, 나카타의 도가 무 썰리듯이 썰려버려서 반발력을 이용할 수 없었다.

사무라이 정신을 강조하는 그가 이렇게 쉽게 자신의 무

기를 포기할리 없었다. 아니나 다를까 어느새 나카타의 왼
손이 붉은 기운을 가득 담고 이극민의 복부까지 다다라 있
었다.

'늦었다!'

이미 막거나 피하기는 늦었음을 직감한 이극민은 오른
쪽으로 몸을 회전하며, 하늘로 향해있는 그의 환도를 벼락
처럼 내리그었다.

복부의 공격은 허용하겠지만, 이 공격을 피하지 않는다
면 나카타 역시 큰 상처를 입을 것이었다. 그야말로 동귀
어진(同歸於盡)의 한 수였다.

하지만 나카타는 이극민의 공격을 보고도 피하지 않았
다. 약효도 떨어지고 있을 뿐만 아니라 이미 자신의 일본
도까지 잃은 그가 이 공격을 피한다면 더 이상 기회를 잡
기 힘들 것이기 때문이었다.

나카타는 피하기는커녕 더욱 많은 마나를 실어 이극민
을 공격해갔다.

쇄악~~! 퍼~억!

무언가 갈리는 소리와 함께 약한 파열음이 동시에 발생
하였다. 전투가 끝났음을 알리는 소리였다.

나카타는 오른쪽 어깨부터 왼쪽 옆구리까지 갈라져 울
컥울컥 상처에서 피가 쏟아지고 있었고, 이극민은 옆구리
가 안쪽으로 움푹 들어간 채로 5미터 정도 날아가 피를 토

하고 있었다. 둘 다 치명상이라고 할 수 있었다.

그러나 같은 치명상이라도 이극민의 손해가 더 컸다. 겉으로 보기에는 나카타가 더 큰 피해를 입은 것 같지만, 실제로는 이극민의 내상이 더 심각하다는 이야기였다.

만일 지금 상태에서 계속 공방이 이어진다면 이극민의 패배가 불을 보듯 뻔한 상황이었다.

5장. 난입

NEO MODERN FANTASY STORY & ADVENTURE

현세귀환록

現世
歸還錄

NEO MODERN FANTASY STORY & ADVENTURE

5장. 난입

어느 정도 피를 지혈한 나카타와 몸을 추스른 이극민이 무언가 이야기 하는 순간, 이제까지 잠자코 그들의 대결을 지켜보던 복면인들이 전면으로 뛰어들었다.

"뭐지!"

"뭐냐!"

나카타와 이극민은 동시에 외쳤고, 각자 그 말을 듣는 순간 서로가 동원한 세력이 아니라는 것을 알 수 있었다. 둘 다 아니라면 범인은 한 곳 밖에 없었다.

"크으윽… 유니온이 이 자리에 있다는 것은… 히무라가 배신자였단 건가… 이럴려고 내게 비약까지 주면서 이곳을 알려 준 것이군…"

나카타는 씹어 삼키는 듯한 말을 내뱉으며 심경을 표현했고, 그의 말에 이극민은 전말을 알 수 있었다.

"쿨럭… 어쩐지… 정보력도 약한 네가 이곳에 나타난 것부터 이상했지… 내가 히데오의 묘소를 참배한다는 것은 측근들 말고는 몰랐는데 말이야…"

이극민은 히데오의 묘소를 참배하기 위해서 비밀리에 움직였었다. 아무래도 유니온의 세력권 안에서 대규모 인원이나 호위인력을 동원하기는 힘들었기 때문이었다.

어차피 마스터의 경지에 있는 이극민은 자신감이 넘치기도 하여서 수발을 들 소수의 부하들 외에는 호위인력은 필요없다 생각하였다.

그런데 나카타가 어떤 루트를 통해서 정보를 획득했는지 이곳에 나타난 것이었다.

이극민은 어떻게 나카타가 자신의 앞에 나타났는지 알 수는 없었지만 그를 제거할 좋은 기회라고 생각하고 그와의 대결을 시작했다.

그러나 지금 둘 다 치명상을 입은 이 상황에서 복면인들이 나타나고, 나카타도 그 복면인을 알지 못한다는 순간, 이극민 역시 결국 이 모든 것이 유니온의 음모였다는 것을 알 수 있었다.

나카타와 이극민 둘다 이미 치명상을 입은 것으로 보여 처리하는 것에 어려움이 없을 것처럼 보였지만, 둘은 마스터의 경지에 오른 강자였다. 그렇기 때문에 복면인들은 섣불리 공격해 들어가지 않고 일단 조심스럽게 둘에게 다가갔다.

하지만 그 때까지도 이극민과 나카타는 싸울 수 있는 상태가 아니었는지, 복면인들의 접근에도 별다른 반응을 보이지 않고 있었다.

복면인들이 전장에 뛰어드는 모습을 멀찌감치서 지켜보던 최강훈은 30명 중의 10명은 다른 20명보다는 좀 더 강한 능력자라는 것을 알 수 있었다. 특히, 그 10명의 기감이 묘하게 흐트러져서 감지되는 것이 좀 의아하게 느껴졌다.

최강훈은 아직 한수강으로 짐작되는 인물이 위험한 상황에 있지는 않아 나서지 않고 지켜보고 있었는데, 전투가 시작되면 혼란스러운 상황을 틈타 그를 빼낼 계획을 세우고 있었다.

나타나자마자 이극민과 나카타를 둘러싸고 천천히 접근하던 복면인들은 30미터 정도까지 가까워지자, 본격적으로 무기를 빼어들고 좀 더 가까이 다가갔다.

그래도 이극민과 나카타가 아무런 반응 없이 가만히 서있기만 하자, 이미 다 잡은 고기라고 생각했는지 몇몇 복면인들이 서로가 먼저 공을 세우고자 둘을 향해 빠르게 접근하였다.

하지만 썩어도 준치라고, 이 정도 치명상에도 마스터는

마스터였다. 각자에게 공격해오는 3명의 복면인들을 이극민과 나카타는 어렵지 않게 처리하였다.

마치 상처를 입지도 않은 것처럼 보였다. 순식간에 복면인의 수는 24명으로 줄어들었다.

6명의 복면인을 처리한 이극민과 나카타는 더 이상은 안 되겠다는 생각에 몸을 피하려고 마음 먹었다. 조금 전 복면인들을 처리하는 것으로 간신히 부여잡은 기운이 다시 흐트러졌기 때문에, 이제는 도망칠 생각만을 하고 있었다.

마스터에 올라 도망친다는 것은 상당히 체면이 상하는 일이지만, 체면이 목숨보다 중요할 수는 없었다.

하지만 도망치려고 마음먹고 나자, 이상하게도 몇몇 복면인들에게서 나오는 기운이 그들이 움직이려는 길을 막고 있다는 느낌이 들었다. 이 느낌을 무시하고 움직였다가는 왠지 더 큰 피해를 입을 것만 같았다.

좀 더 자세히 살펴보니 정확하게는 24명의 복면인 중 10명에게서 기이한 기운이 풍겨나왔다. 그들의 기파가 10명에게 막히는 느낌이었다.

복면인들 역시 6명의 복면인들이 허무하게 죽고말자, 리더로 보이는 인물이 수신호로 나머지 인물들에게 지시를 하였다. 섣불리 나서지 말라는 것인 것 같았다.

이윽고, 리더는 다른 수신호를 하였고 그 수신호에 복면인들은 6명씩 한 개조를 이루어 2개조는 이극민에게 2개조는 나카타에게 천천히 다가갔다.

기이하게 자신들을 감싸오는 기운에 나카타와 이극민은 불쾌감을 느끼면서도 함부로 나서지는 못했다. 그만큼 몸 상태가 최악이었기 때문이었다.

특히 나카타는 서서히 약기운이 잦아들고 있는 것이 느껴져서 등에는 한 줄기 식은땀이 흐르고 있었다. 약기운이 사라져 마나를 못 쓰게 된다면 지금 다가오는 복면인들을 처리할 자신이 없었기 때문이었다.

"네 놈들은 누구냐!"

이미 유니온임을 어느 정도 짐작하고 있는 이극민이었지만, 상처를 추스르기 위한 시간을 벌고자 리더로 보이는 복면인에게 말을 걸었다.

하지만 리더는 말이 없었고, 단지 오른손을 들었다가 이극민과 나카타를 향해서 가리켰다. 누가보아도 공격의 신호였다.

"하압!"

"합!"

"이얏!"

각종 기합과 함께 24명의 복면인이 12명씩 각각 이극민과 나카타를 향해서 달려들었다.

복면인들과 공방을 주고받기 시작하자 이극민은 그 기

이한 느낌이 무엇인지 알 수 있었다. 12명 중 5명의 복면인에게서 흘러나오는 기운이 자신의 마나운용을 방해한다는 느낌이 들었기 때문이었다.

평소라면 다소 부담은 있겠지만, 이 정도 기운으로는 자신을 묶어 둘 수는 없을 것이었다. 물론 좀 더 많은 기운들이 모이면 힘들 수도 있겠지만 지금 기운정도면 충분히 눌러버릴 수 있을 것이라 생각했다.

하지만 지금은 치명상을 입은 직후였다. 상처로 인하여 군데군데의 기혈이 막혀서 기의 순환이 잘 이루어지지 않았다. 게다가 초월의 영역에 들어갔다 나온 후유증으로 아직도 온 몸이 삐걱거리며 고통을 호소했다.

이들을 처리할 확신이 생기지 않았다. 그래서 이극민은 복면인과 공세를 주고받으면서도 틈을 보아 이곳을 빠져나갈 생각만을 하였다. 정면으로 부딪칠 상태가 아니었기 때문이었다.

그러나 복면인들은 틈을 주지 않았다. 특히, 기이한 기운을 풍겨내는 복면인 5명중 3명은 이극민을 삼재진 형태로 둘러싸고 마나운용을 방해하는 기운만을 쏘아내고 있었다.

이대로 가다가는 위험하다는 생각이 들 때 쯤, 머릿속에 나카타의 전음이 들려왔다.

[이 가주, 유니온의 음모 같소. 우리 둘 다 한 번에 처리

하려는 수작이었던 것 같군.]

[그런 것 같군.]

나카타는 태상가주인 자신을 가주라고 불렀지만, 이극민은 굳이 그걸 고쳐주려 하지 않았다. 태상가주든 가주든 지금에 와서 무슨 상관이 있겠는가.

[내가 이 가주를 좋아하지는 않지만 유니온의 이런 행태는 더 참을 수가 없군.]

[참지 못한다면 어쩌려고 그러나? 이상한 기운을 쏘아내는 저 녀석들 때문에 이 자리를 피하기조차 힘든 상황인데 말이야.]

나카타는 이극민의 말에 잠시 말을 멈추었다. 그리고 조금의 시간이 지나자 다시 전음을 하였다.

[…이 가주, 어차피 난 이 자리를 벗어날 수 없을 것 같소.]

이상한 기운을 쏘아내는 복면인들이 얼마나 저 기운을 운용할지는 모르겠지만, 이극민은 아직 이곳을 벗어날 생각을 포기하지 않고 있었다. 하지만 자신보다 더 젊고 팔팔해야 하는 나카타는 삶을 포기하는 듯한 언급을 하여 이극민은 놀란 내심을 감추고 물었다.

[무슨 소리냐? 후유증이 많이 남기는 하겠지만, 일시적으로 잠력을 터트려서 저들의 공격을 튕겨낸다면 충분히 빠져나갈 기회를 만들 수 있을 것 같은데 말이야.]

[허헛, 이제껏 서로 죽이려고 싸운 내게 조언을 해주는 것이오? 이 가주에게는 다행일지도 모르겠지만 난 이미 터트릴 잠력도 없소, 반쪽짜리 마스터인 내가 아까의 힘을 쓰기 위해서 이미 대가로 치뤘소.]

그제서야 이극민은 나카타가 어떻게 초월의 영역에 들어올 수 있는지 알게 되었다. 비법인지 비약인지, 무언가 특별한 방법을 통해서 일시적으로 들어 올 수 있었던 것이었다.

[허허… 그랬군… 그런데 갑자기 내게 이 말을 하는 이유가 뭐냐?]

[내가 마지막으로 역혈공을 사용해서 저 놈들을 맡을테니 그 사이 이 가주는 몸을 피하시오.]

순간 이극민은 말을 이을 수 없었다. 자신에게 살 길을 마련해주려는 나카타의 생각이 이해가 가지 않았기 때문이었다.

[…내게 그렇게 해주려는 이유가 뭐냐?]

[내 이 가주를 좋게 보진 않지만, 저 따위 협잡질을 하는 유니온에게 당신과 같은 무인이 죽게 놔두고 싶지는 않소. 그 뿐이오.]

나카타는 끝까지 사무라이였다. 비록 생사대전을 벌이기는 하였지만, 배신과 계략으로 이 정도 무인이 죽게 놔두고 싶지는 않았다.

처음에는 천왕을 처리하고 유니온과 협상을 하려고 하였지만, 이런 유니온이라면 차라리 천왕이 일본의 이능계를 장악하는 것이 낫다는 생각까지 들었다.

[…호의는 거절하지 않으마. 여기서 벗어난다면 네가 돌보았던 인물들에 대해서는 별도로 챙겨주도록 하지.]

[고맙소, 아. 내 측근 중에서 히무라라는 놈이 있는데, 그 놈이 유니온의 간세요. 이 가주가 이리로 온다고 말해준 것도 그 놈이지.]

[음… 그렇군. 알겠다.]

이제 전음은 끝났다. 그리고 얼마 지나지 않아서 나카타의 온 몸이 붉어지더니 폭발적인 기세가 뻗어 나왔다. 역혈공이 시전된 것이었다.

집단마다 부르는 이름은 달랐지만 선천진기를 태워 일시적인 힘을 내는 역혈공 계열의 무공은 대부분 가지고 있었다. 그리고 선천진기가 다 타고 나면 그 끝은 죽음이라는 것은 역혈공을 쓰는 모두가 알고 있었다.

파곽~ 펑~ 콰직!

마지막 선천진기까지 태우는 나카타는 마치 상처를 입지 않은 것처럼, 자신을 둘러싼 복면인들을 처리해 나갔다.

한 복면인을 장(掌)으로 튕겨내고 다른 복면인의 다리뼈를 부러트렸다. 하지만 복면인들도 만만한 전력은 아니었다. 그리고 방금 아웃된 복면인들은 기이한 기운을 내는 복면인이 아닌, 일반 복면인이었다.

기이한 기운을 쏘아내는 복면인들은 실력 또한 일반 복면인들에 비해서 우월했는지 나카타의 그런 공세를 힘겨워 하면서도 버티고 있었다.

그런 복면인들의 모습에 나카타는 역혈공을 한층 더 빠르게 돌려 폭발적인 기의 운용을 하였다. 선천진기의 소모 속도 역시 한층 더 빨라졌다.

강렬한 기파를 뿜어 복면인들을 잠시 물린 나카타는, 자신을 둘러싼 복면인들은 놓아두고 이극민을 공격하고 있는 복면인들에게 날아갔다.

나카타를 공격하던 복면인들은 당황하여 그의 뒤를 서둘러 쫓아갔는데, 어느새 나카타는 이극민의 인근에 도착하였다. 이극민을 공격하던 복면인들은 나카타의 출현에 당황해 하며 손발이 얽혔는데, 이 틈을 이극민은 놓치지 않았다.

[고맙다. 나카타.]

[고마우면 살아남으시오. 이 가주]

도망치려는 이극민을 쫓아가려는 복면인들은 다시 나카타에게 가로막혔다. 무리한 움직임에 나카타 역시 몇 차례의 공격을 허용하였지만, 이미 역혈공을 끌어올려 선천진기가 타는 고통이 온 몸을 지배하고 있어 나카타는 공격에 별 다른 충격을 받지는 않았다.

나카타가 복면인들을 잡고 있는 사이 이극민은 이미 멀리 도망치고 말았다. 만일 이극민을 쫓으려 한다면 남아있는 인원이 나카타에게 몰살을 당할 것 같았다. 그만큼 나카타의 기세는 흉흉했다.

결국 이극민을 포기한 복면인들은 나카타라도 확실히 잡기 위해서 그의 주위를 둘러쌌다.

5명이 아니라 10명이 뭉치니 아까 전의 기이한 기운은 2배가 아니라 4배 가까이 증가되었다. 멀쩡한 몸이라도 쉽사리 이겨내지 못할 기이한 기운이었다.

하지만 나카타는 지금 역혈공의 상태였다. 삶의 마지막 불꽃을 태우고 있는 상황이었기에 그런 기이한 기운에 영향을 받지 않는 것처럼 복면인들과 공방을 펼쳐나갔다.

몇 차례의 공방 끝에 일반 복면인은 2명을 제외하고는 다 죽어버렸고, 기이한 기세의 복면인들 역시 2명은 죽고 3명이나 팔다리가 부러지는 부상을 입어 아웃되어버렸다.

그들을 처리하면서 나카타 역시 멀쩡하지만은 못했다. 이미 등과 옆구리에 큰 검상을 입었고, 그 검상에서 나오는 기이한 기운에 자신의 마나흐름이 가닥가닥 끊어지고 있었다.

나카타는 이제 얼마 남지 않은 마지막 선천진기를 태워서 한 명이라도 더 저승길에 동반할 생각뿐이었다.

이들 역시 유니온 고위층의 명령을 받는 입장이겠지만, 지금 나카타는 그런 사정을 봐줄 상황은 아니었다.

장검 보다는 약간 짧은 검을 휘두르는 복면인의 복부를 가격해서 배를 터트려 몇 안남은 복면인 중 한 명을 처리한 나카타가 그 옆에 있는 1미터가 조금 넘는 환도를 가진 복면인의 목을 끊어 가려는 찰나였다.

그 복면인을 처리하기 직전에 어디선가 한 인영이 쏜살같이 날아와서 그의 공격을 막고 복면인의 목덜미를 잡고 온 것보다 더 빠른 속도로 사라졌다. 최강훈이었다.

주위의 복면인들은 나카타에 대한 공격에 집중한다고 갑자기 나타난 최강훈에 대한 대처를 하지 못했다.

또한 동료가 한명 납치되었지만, 아무도 최강훈을 쫓지 않았다. 아니 쫓을 수가 없었다. 나카타의 공격에 대한 방어만으로도 버거운 상황이었다.

복면인의 마혈(麻穴)을 짚어 움직이지 못하게 만든 최강훈은 그를 들쳐 메고 한참 동안을 뛰어서 전장에서 멀어졌다.

'마지막까지 지켜보고 싶었지만, 이 녀석이 위험한 상황을 볼 수는 없으니….'

마스터의 경지에 오른 이의 전투를 보는 것은 최강훈에

게는 하나하나가 큰 도움이 되었다. 이극민과 나카타의 전투에 많은 것을 배웠으며, 조금 전에 나카타가 역혈공을 끌어올린 이후의 싸움도 그에게는 좋은 경험이었다.

그래서 좀 더 그 전투를 보고 싶었지만, 한수강으로 추정되는 인물이 위험해 진 것을 보자 더 이상 기다릴 수가 없어서 나서게 되었던 것이었다.

✥

한참을 달려가던 최강훈은 저 멀리 전장에서 터진 강력한 마나 발현에 잠시 발을 멈출 수밖에 없었다.

아마도 나카타가 쓴 역혈공은 마지막에 자신의 몸을 터트리는 폭혈공 방식이 들어있는 역혈공인 것 같았다.

마스터의 경지에 오른 무인의 허무한 죽음에 최강훈은 잠시 발을 멈추어 그만의 애도를 표했다.

이미 어느 정도 거리가 벌어졌기에 최강훈은 한수강으로 추정되는 인물의 복면을 벗겨 확인하였다. 상당히 변한 모습이긴 하였지만 한수강이 맞았다.

최강훈은 자신의 인식장애 마법을 거둔 후 서둘러 한수강의 마혈을 풀었다. 그리고 그에게 물었다.

"수강아! 어떻게 된 일이냐? 네가 유니온에 가입한 것이야? 이 상처는 뭐고?"

복면을 벗은 한수강은 과거의 앳된 모습은 없었다. 20대 초반같이 보이지 않는 음울하고 깊은 눈에 오른쪽 볼에는 깊은 자상이 강렬하게 남아있어 그간의 고초를 조금이나마 짐작 할 수 있게 해주었다.

인식장애마법으로 최강훈을 알아보지 못했던 한수강은 마법을 거둔 그를 확인하고 놀랍다는 듯 눈을 부릅떴다.

"강훈이 형? 형이 어떻게 여기에…."

"내가 여기에 온 것이 중요한 게 아니라, 네가 어떻게 거기에 있는 거야? 진짜 유니온에 가입한 거야?"

최강훈의 다그치는 듯한 말에 한수강은 자조적인 씁쓸한 웃음과 함께 대답하였다.

"후… 그래 나 유니온에 가입한게 맞아. 지금 본부 기동타격대 AA3팀에 있어."

최강훈은 완전히 변해버린 한수강의 모습에 당황스러워하면서도, 그의 상황을 알아야 했기에 계속 질문을 던졌다.

"기동타격대? 그리고 이 얼굴의 상처는 뭐야? 거기서 무슨 일을 하고 있는거야?"

"무슨 일이라니 방금 전과 같은 일을 하는거지… 이 상처는… 그냥 그렇게 되었어."

"그렇게 되다니! 무슨 말이야?"

최강훈의 질문이 이어졌지만 한수강은 그의 질문에 더이상 대답할 생각이 없는 것 같았다.

"일단 지부로 돌아가야 할 것 같아. 나 유니온에 있는 것 알았으니 앞으로는 그리로 연락하면 될 거야."

한수강이 다시 전장 쪽으로 되돌아가려 하자 최강훈이 그를 잡고 다시 물어보았다.

"수강아. 대체 어떻게 된 거야? 아니다. 어떻게 되었든, 이제 유니온에서 나와서 우리와 함께 하자. 수아도 너 기다리고 있어."

수아라는 말에 한수강은 반색하며 되물었다. 그가 마지막으로 본 모습은 한수아가 혼수상태에 있는 모습이었기에 아직 한수아가 치료 된 것은 모르고 있었다.

당시에 강민이 치료해준다는 이야기는 들었지만 그녀가 건강해진 모습은 직접 보지 못했기에 최강훈에게 물었다.

"누나는 괜찮아?"

"그래 수아는 건강해. 지금은 대학도 다니고 있는걸. 어서 나랑 같이 가자."

한수아에 대한 언급에 약간 갈등하는 듯 보였던 한수강은 이내 고개를 저으며 말했다.

"…아직 아버지 영전에 떳떳할 자신이 없어… 그리고 할 일도 있고…."

"무슨 소리야! 우리 백록원의 원수들은 이미 다 없어졌 잖아!"

"그래 어떻게 된 일인지 모르겠지만 그들은 없어졌지… 하지만 아직도 잔당이 남아 있잖아. 그들을 처리하는 것에 라도 일조하지 않는다면 내가 어떻게 아버지 앞에서 떳떳 할 수 있겠어?"

"복수할 대상도 이미 없어졌는데 무슨 복수야! 그리고 사부님이 원하셨던 것은 복수가 아니라 네가 행복하게 사 는 것 일거야. 지금처럼 이런 슬픈 눈을 하고 살고 있는 것 이 아니라!"

슬픈 눈이라는 말에 한수강은 말을 잇지 못하고 잠시 입 을 닫았다.

잠시간의 침묵이 지난 후, 한수강은 마음을 굳혔는지 최 강훈에게 말했다.

"형, 복수를 떠나서 나 할 일이 있어. 그 일이 끝나고 나 면 형하고 누나한테로 돌아갈게. 그때 나 받아줘."

한수강의 처연하지만 확고한 말투에 최강훈은 의아해하 며 되물었다.

"할 일이 뭔데? 내게 말해봐. 무슨 일인지 모르겠지만 내가, 아니 내가 할 수 없는 일도 민이 형이면 무슨 일이든 다 해줄 수 있을 거야. 내가 부탁해볼게."

"민이 형?"

"너도 기억나지? 그때 사부님과 우리를 살려주었고, 수아까지 살려준 은인이잖아. 지금 수아도 나도 민이형 하고 같이 살고 있어."

당시 17살의 한수강은 그런 기억이 없을 정도로 어린 나이는 아니었다.

"당연히 기억하지. 음….."

불치병이라고 생각되는 한수아의 병까지 고쳐줬다면, 지금 자신의 고민도 해결해 줄 수 있을지 몰랐다.

하지만 확신할 수 없었다. 섣불리 판단하고 움직였다가 잘못하면 그녀를 잃을 수도 있는 상황이었기에 한수강은 신중해 질 수밖에 없었다.

한수강이 뭔가 생각하는 듯하자 최강훈은 설득이 먹혀들었다는 판단에 좀 더 적극적으로 그에게 말을 하기 시작했다.

"수강아. 네가 어떤 할 일이 있고, 어떤 고민이 있는지 모르겠지만. 함께한다면 혼자서 고민하는 것보다 몇 배는 쉽게 해결될 수 있을 것이라 생각해. 만약 무력이 필요하다면 더 그렇겠지."

무력이라는 말과 함께 아공간 주머니에서 자신의 환도를 꺼내든 최강훈은 소드 오러를 그의 검에 발현 시켰다.

고개를 떨구고 생각을 하고 있던 한수강은 갑작스럽게

느껴지는 강대한 마나에 깜짝 놀라 최강훈을 바라보았고, 불같이 타오르는 녹색 빛의 소드오러를 목격할 수 있었다.

"검기! 형! 마스터가 된거야?"

조금 전까지 마스터와 싸우던 한수강은 마스터가 얼마나 강한 존재인지 알고 있었다. 그런데 헤어진지 불과 5년도 채 되기 전에 마스터가 되었다니, 한수강은 놀랄 수밖에 없었다.

"그래, 마스터가 되었다. 너도 그 동안 피나는 수련을 했나보구나, 내가 네 나이 정도였을 때는 그 정도 성취는 보이지 못했는데 말이야. 네 나이에 비해서 월등히 빠른 성취야."

최강훈은 한수강의 나이대에 C+급 정도의 이능력을 가지고 있었는데, 지금 한수강은 B급은 족히 되어 보이는 마나가 단전에 들어차 있는 것이 느껴졌다.

20대 초반에 C급도 빠른 성취라고 할 수 있는데 B급이라면 정말 빠른 성취였다. 한수강이 얼마나 열심히 수련했는지 알 수 있는 대목이었다.

하지만 한수강은 자신의 능력에 만족하지 못했는지 한숨을 내쉬며 말했다.

"후… 그래봤자 B급이지 뭐. 그나저나 어떻게 마스터까지 올라간 거야? 우리가 헤어진지 4년 좀 넘은 것 같은데 그 사이에 마스터까지 될 수 있는 거야?"

"이야기 하자면 긴데, 짧게 이야기하자면 민이 형님과 유리 누님의 도움으로 된거야. 나 혼자 수련했다면 결코 오르지 못했을 경지이지."

"정말 대단한데, 마스터라… 형, 형이 말하는 강민이라는 분은 정말 불가능을 가능케 할 수 있는 사람인거야?"

한수강이 무슨 의도로 물어보는지는 모르겠지만, 최강훈에게 강민은 신적인 존재였다. 그의 생각에 강민이 못할 일은 없다고 생각되었다.

"그래, 민이 형님에게 불가능한 것은 없다고 생각해. 수아의 치료 역시 불가능하다고 했지만, 민이 형님이 나서서 치료해버렸잖아."

"음….."

"고민만 하지말고 털어놔봐. 사부님께서 너희들을 부탁한다 하셨는데, 널 돌봐주지 못해서 항상 마음이 걸렸어. 네가 어떤 상황에 있던지 내가 도울테니까 내게 말해봐."

최강훈의 계속되는 설득에 한수강도 마음을 바꾸었는지 이야기를 하기 시작했다. 한수강의 이야기는 한참이나 계속 되었다. 4년이 넘는 세월을 한두마디로 풀어낼 수는 없었을 것이었다.

한참 동안 대화를 나누는 최강훈과 한수강을 지켜보는 눈이 있었다. 아니 위성이 있었다.

그 위성이 포착하여 실시간으로 전해주는 그 둘의 모습을, 강민과 유리엘이 지켜보고 있었다.

애초에 마스터간의 대결처럼 큰 마나 파장을 일으킨 사건을 유리엘의 위성이 놓칠 리가 없었다. 강민과 유리엘은 마스터간의 대결부터 최강훈이 한수강을 빼돌리는 모습까지 실시간으로 흥미진진하게 보고 있었다.

허공에 스크린처럼 띄운 영상을 통하여 최강훈과 한수강의 대화를 듣던 강민이 입을 열었다.

"그런 것이군."

"그러게요. 유니온 녀석들 생각보다 치사한 부분이 많네요. 세계의 이능계를 장악하고 있다고 큰소리치면서 말이에요."

한수강의 말을 들은 후 어처구니없어 하는 유리엘을 바라보며 강민이 피식 웃으며 말했다.

"사실 이능계를 장악한 것은 유니온이 아니라 위원회지, 유니온은 그 위원회의 하수인에서 벗어나려고 발악하는 것이고."

"하긴 그렇죠. 그러니 민한테 찾아와서 연금의 일족 운운하며 도와 달라 한 것이겠지요."

연금의 일족 이야기가 나오자 강민이 유리엘에게 물어 봤다.

"흠… 연금의 일족이라, 혹시 찾아 봤어?"

"한 번이라도 보았으면 마나파문 데이터베이스를 통해 서 찾을 수 있을 것 같은데, 연금의 일족을 한 번도 본적이 없어서 확실하게 파악하지는 못했어요."

"하긴 그렇겠군."

확실히 찾지는 못했다고 하지만 가만히 있었을 유리엘 이 아니었다. 전면에 또 다른 화면을 띄운 그녀가 이어서 말했다.

"그치만 일단 이야기가 나온 그들의 특징으로 필터링해 서 서칭해보니, 의심가는 사람이 열다섯 명 정도는 나왔어 요. 한 번 찾아가 볼까요?"

또 다른 화면에는 세계 전도가 입체적으로 떠올라와 있 었는데, 그 곳에는 열다섯개의 붉은 점이 깜빡거리고 있었 다.

만일 유리엘이 연금의 일족을 한번이라도 마주쳤다면 그들의 특징적인 마나파문을 찾아서 정확한 검색을 할 수 있었을 텐데, 연금의 일족과 마주친 적이 없는 그녀는 단 지 유니온의 말에서 추측한 특징만으로 검색을 시행했었 다.

하지만 그 정도의 정보로도 전 세계의 이능력자 중 열다섯명의 후보자를 찾아냈다. 몇 백만명의 이능력자 중에서 열다섯명이면 찾아낸 것이나 마찬가지인 상황이었다.

그러나 강민은 연금의 일족에 대해서 아직까지는 큰 관심이 없었다.

"당장 급한 것도 아닌데, 나중에 확인해보던지 하지 뭐. 그건 그렇고 유니온에서 항마력이 있는 무구까지 제작했다니 의외야."

강민이 연금에 일족에서 유니온의 무구로 이야기를 돌리자 조금 전에 띄워 놓았던 화면을 닫으며 유리엘이 대답했다.

"그러게요. 여기의 기술력으로는 무구에 항마력을 부여하기는 힘들었을텐데 말이에요. 아까 그 무구들을 보니 마물의 사체를 이용한 것 같은데, 어디서 항마력을 쓸 수 있는 마물을 잡았나봐요."

"그런 것 같아. 여튼 저들 10명이라면 강훈이 녀석도 쉽지는 않겠네. 항마력을 이겨낼 마나 컨트롤 능력이 없다면, 초월의 영역에 드는 것도 힘들테니 말이야."

초월의 영역은 단지 집중력만 높인다고 들어갈 수 있는 영역은 아니었다. 극도로 높아진 집중력에 내외부의 마나가 공명하여 새로운 영역으로 들어가는 방식이었다.

그렇기 때문에 항마력이 작용하여 마나 공명을 방해한다면 왠만한 마나 컨트롤로는 초월의 영역에 들어가 힘들 수 있었다.

유리엘도 그걸 알고 있기에 그 무구를 높이 평가하였다.

"유니온에게 위원회를 상대할 카드가 생겼다고 해도 과언이 아니겠네요."

"그렇지. 무구에 담긴 항마력이 상당한지 마스터급이 펼친 폭혈공에도 몇몇은 살아남았으니…."

"살아남은 녀석들이 장비를 주워가는 것을 보니, 저 항마력이 담긴 무구가 많지는 않나봐요."

"그렇겠지, 항마력이 있는 마물은 흔하게 볼 수 있는 마물은 아니니까, 마물의 사체를 이용했다 하더라도 그리 많이 만들지는 못했을 거야."

최강훈은 한수강을 구한다고 나카타의 마지막을 보지는 못했지만, 강민과 유리엘은 마나 위성을 통해서 그의 마지막까지 지켜보았다.

나카타의 폭혈공에도 세 명의 복면인은 살아남았고, 그들은 동료들의 시체를 회수하는 것이 아니라 동료들이 사용한 무구만을 회수하여 되돌아갔었다.

냉정하지만 어찌보면 당연한 조치였다. 시체보다는 무구가 더 중요한 상황이기 때문이었다.

"그래, 수강이는 어떻게 할 생각이에요?"

아까 최강훈과 한수강의 대화를 들었기에 이야기는 자연스럽게 이 쪽으로 흘러갔다.

"어차피 강훈이가 돌봐주어야 할 식솔 같은 녀석이니 데리고 와야겠지."

"그럼 유키도 데려 올 건가요?"

"데려오지 않는다면 수강이도 안 오지 않겠어?"

"그렇겠죠. 강훈이하고 수강이를 이리로 부를까요?"

"일단 수강이도 한국으로 오려는 것 같으니 이리로 오면 이야기 해보자."

"유키를 데려온다면 유니온은 어떻게 하려구요? 아예 없애버릴 것인가요?"

표면적으로는 전 세계의 이능계를 장악하고 있는 유니온이지만, 유리엘은 마치 주머니에서 물건을 꺼내듯이 쉽게 유니온은 없앤다는 이야기 하고 있었다.

다른 사람들이 들으면 농담을 하는 것인 줄 알겠지만, 당연히 유리엘은 농담을 한 것이 아니었다. 그들에게는 충분히 그런 능력이 있었으니 말이다.

유리엘의 그 물음에 강민이 고개를 저으며 대답했다. 유니온은 없애지는 않겠다는 의도였다.

"일단은 유키만 몰래 데려오는 식으로 처리해야겠어. 현재 마나장과 차원장의 파동으로 보아 아무래도 빠르면 몇 년 안에 차원 교차가 발생할 것 같은데, 그 때 이능력자들과 일반인들을 통제해 줄 집단이 필요하잖아. 지금 유니온을 없애버린다면 그 때 혼란이 더 커질 수 있겠지."

유니온을 놔둔다는 강민의 말에 유리엘이 잠시 생각하더니 말했다.

"흠… 차라리 총재하고 부총재를 비롯한 수뇌부만 갈아치우는 것은 어때요? 영 하는 짓들이 지저분한데 말이에요."

"그 생각도 안 해본 건 아닌데, 그들도 어차피 위원회와 줄타기 하고 있는 입장이잖아. 이 정도 이전투구(泥田鬪狗)는 누구를 앉혀 놓아도 벌이질 것 같아."

"하긴 그렇죠. 진흙탕 싸움을 막으려면 위원회와 동시에 처리해야 할 것 같네요."

"그렇지. 어차피 차원 교차가 발생하면 그런 정치 싸움을 할 여유 같은 건 없을 거야. 여기 마나 문명 수준이라면 하나가 되어서 막아도 힘든 상황이 벌어질 가능성이 높으니 말이야. 잠시 두고 보자. 길게 가지는 못 할 테니 말이야."

몇몇 소수의 강자들은 있지만, 지구의 마나 문명 수준은 지금껏 강민과 유리엘이 들린 차원에 비해서 상당히 낙후된 수준이었다. 마나문명이 낙후 된 가장 큰 이유는 마나장 자체가 약하다는 것에 있었다.

마나장에서 마나를 생성해 내는 마나량 자체가 다른 차원에 비해서 월등히 떨어져 있다보니 마나 잠재력이 있는 적합자들이나 각성자도 매우 드문 형국이었다.

또한 마나를 수련하는 방법자체도 비의(秘意)로서 전수되어 제대로 된 마나 수련법의 전수가 이루어지지 않았다.

물론 마나장이 약하다는 것이 단점만 있는 것은 아니었다. 마나장이 약하기 때문에 다른 차원에서 흔한 마물 등의 몬스터들의 출현이 극히 드물다는 장점도 있었다.

그런 이유로 다른 차원에서는 마물과의 투쟁을 통하여 천천히 문명을 발전시켜 나가는 것과는 달리, 마물이 없는 이곳은 물질 문명이 극도로 발전하여 상대적으로 풍족한 생활을 영위할 수 있었던 것이었다.

하지만 이런 장점은 차원의 교차가 발생하면 모조리 단점으로 바뀔 것이었다. 우선 마물들에 대한 대비가 전혀 되지 않을 것이었다. 마나 문명에 익숙하지 않은 현차원의 주민들은 수많은 마물에게 잡아먹힐 것이 불 보듯 뻔한 일이었다.

물론 몇몇 이능력자들은 지금 웜홀에서 마물을 잡는 것처럼 마물을 잡을 것이지만 대다수의 일반인들은 마물의 먹이가 될 수밖에 없었다.

더 큰 문제는 차원의 교차로 차원의 경계가 없어져 마나 자체가 뒤섞이고 나면 마물들이 더 이상 마나 충돌을 겪지 않게 될 것이었다.

지금까지 타차원에서 오는 마물들은 마나 충돌의 때문에 적게는 10~20%의 힘의 감소, 많게는 90% 이상의 힘의 감소가 발생하였다.

마물의 본 차원과 현 차원 간의 마나 성질 차이에 따라서 마나 충돌의 정도는 천차만별이었는데, 대부분의 마물들은 본래 차원 보다는 월등히 약해져서 이 차원에 들어왔었다.

하지만 이제 차원의 경계가 없어지면 이런 마나 충돌이 없어진다. 그렇게 되면 마물들은 힘의 손실 없이 현 차원에 난입할 수 있게 될 것이다.

즉, 지금은 C급이라 불리는 마물도 마나충돌에 의한 힘의 감소가 없다면 S급 이상의 마물이 될 수 있다는 이야기였다. 그렇게 된다면 지금 이능력자들도 마물에 대해서 승산을 장담할 수는 없을 것이었다.

더군다나 마나 충돌이 없으므로 자연적으로 소멸하지도 않을 것이었다. 악몽과도 같은 시간이 벌어질 가능성이 높았다.

그러나 이런 일들은 강민과 유리엘에게는 전혀 관계없는 이야기였다. 어떤 상황이 벌어지든 자신들에게 영향을 줄 일이 생길 것이라고 생각하는지 않았다. 이제껏 지내온 시간들이 그것을 반증하고 있었다.

둘이 나선다면 차원이 교차할 동안 지구의 안전을 충분히 보장할 수 있겠지만, 둘에게 그럴 이유는 없었다. 가족들의 안전만 보장되고 나면 둘이 나설 이유는 없었기 때문이었다.

그리고 차원의 교차는 짧게는 몇 백년 길게는 몇 천년까지 이어질 것이기 때문에, 가족들이 살아있는 동안만 이곳에 있을 강민과 유리엘이 지구의 안전을 계속해서 지킬 수는 없었다. 어차피 현 인류는 차원 교차에 적응해 나가야 할 것이었다.

한 가지 희망적인 것은 마나장이 합쳐져 마나량이 풍부해지면 각성자나 마나 적합자가 우후죽순처럼 발생할 것이고, 그들이 성장한다면 이 차원을 지키는 것도 불가능한 일은 아닐 것이다.

물론 그들이 성장할 때까지 얼마만큼의 인류가 살아남을지는 알 수 없겠지만 말이다.

한수강에 대한 이야기가 어느 정도 정리되자, 유리엘은 다른 이야기를 꺼냈다.

"여튼 오늘 하루 만에 한국과 일본의 이능세계가가 완전히 뒤집어 졌네요."

"그러게 말이야."

지금 강민과 유리엘이 보는 스크린은 하나가 아니었다. 최강훈과 한수강을 잡고 있는 스크린 옆으로 몇 개의 스크린이 더 떠올라와 있었는데, 그곳에서는 이능력자간의 치열한 대결이 펼쳐지고 있었다. 아니 벌어졌었다.

대결은 이미 종반에 이르렀는지 처음과 같은 난전은 끝났고, 소규모의 단발적인 저항만 군데군데서 발생할 뿐이었다.

이제 전투가 거의 끝나가는 것을 확인한 유리엘이 강민을 바라보며 말했다.

"이렇게 되면 유니온이 한국과 일본 양쪽을 다 장악했다고 봐도 되겠죠?"

"일본은 그런 것 같은데, 한국 쪽은 모르지. 아직도 몇몇 세력들이 남아 있잖아."

"그렇지만 남한 쪽은 천왕가가 거의 장악하고 있었잖아요. 다른 세력들이 천왕가의 공백을 메꿀 수 있을까요?"

실제로 한국의 대표 세력이라 하면 천왕가를 떠올릴 정도로 천왕가는 이능세계에서는 유명한 세력이기도 하였다.

한반도 전체를 보면 백두일맥이나 금강선원이 천왕가와 비견할 만하겠지만, 남한만 본다면 천왕가를 따라갈 만한 세력은 드문 상황이었다.

어차피 백두나 금강이나 전면에 나서지 않고 있으니 실제로 이름이 난 세력은 천왕가 밖에 없었다.

"흠… 선인경(仙人境)이나 멸마단(滅魔團) 같은 단체는 소수정예라 힘들겠지만 화랑(花郞)정도 규모라면 한 번 해 볼만하지 않을까?"

강민의 말에 유리엘이 고개를 갸웃거리더니 말했다.

"그들 정도로 가능할까요?"

"두고봐야지. 그들도 조만간 천왕가가 멸문에 가까운 타격을 입은 것을 알게 될테니, 욕심이 있다면 어떤 식으로든 반응이 있겠지."

고개를 끄덕이며 유리엘은 말을 이었다.

"여튼 천왕가가 유니온에게 당해서 멸문하게 된 것을 알게 된 이상, 기존 세력들도 유니온을 신뢰하긴 힘들겠네요. 언제 자신들도 그런 취급을 받아, 유니온이 공격할지 모르잖아요."

"그렇게 되지는 않을 것 같아. 유니온의 입장이 있으니 아마 천왕가와 현승간의 내전(內戰) 정도로 마무리할 가능성이 높겠지."

"음… 그럴 가능성이 더 높겠네요. 유니온이 각 이능단체를 공격한다는 이미지가 생기면 더 이상 이능계를 통제할 명분이 사라질테니 말이에요."

"그렇지. 어차피 유니온은 위원회 눈치를 봐야 할테니 드러내 놓고 움직이기도 힘들거야. 지금 행동도 선을 긋는 것의 일환이겠지."

유리엘의 말처럼 강대한 힘을 가지고 있는 유니온이 각국의 자생적인 이능단체들을 공격해서 그들의 기득권을 빼앗는다는 이미지가 생기면, 더 이상 유니온은 이능력자들의 협력단체가 아니라 패권단체로서 취급받을 것이다.

물론 유니온은 장기적으로는 패권화를 지향하기는 하지만 아직까지는 그렇게 할 수 없었다. 위원회가 있기 때문이었다. 애초에 위원회의 눈치를 보는 유니온에게 이번 천왕가에 대한 공격도 상당히 무리한 것이라 할 수 있었다.

지금 유니온은 위원회의 선을 보고 있는 중이었다. 쇼군이 죽으면서 위원회에서 일본을 포기한 이후, 유니온이 나서서 일본의 이능계를 장악하기 시작했다.

그러나 위원회는 유니온의 행동에 별 다른 언급을 하지 않았다. 만일 위원회에서 경고나 주의가 있었다면 유니온에서 이렇게 본격적으로 움직이지는 못했을 것이었다. 유니온에서는 자신들의 운신의 폭을 파악하기 위해서 위원회가 용인하는 범위가 어느 정도인지 알 필요가 있었다.

이번 천왕가 공격도 그 확인 작업의 일환이었다. 위원회에서 경고를 한다면 일본 일의 연장 정도라고 변명을 하였을 것이었다.

강민과 유리엘이 대화하는 동안 스크린 상에서 보이던 전투는 모두 끝이 났다. 일본 쪽의 전투 아까 전에 벌써 끝났고, 한국 쪽의 전투가 조금 전에 끝났다.

한국 쪽의 스크린에는 딱 보아도 오랜 역사를 지닌 것 같은 고풍스러운 장원이 보였는데, 조금 전 끝난 전투의 여파로 곳곳이 파괴되어 있는 것이 눈에 띄었다.

천왕가와 현승간의 내전으로 몰고 갈 것이라는 강민의 추측이 맞았는지, 유니온의 무기를 든 전투요원들은 현승 디펜스의 마크가 붙은 방호복을 걸치고 있었다. 그들은 전투의 흔적을 지우려고 하는지 장원 곳곳에 불을 놓기 시작했다.

그 장면까지 본 유리엘은 더 이상 스크린을 띄워 놓을 필요를 느끼지 못했는지, 손을 저어 스크린을 모두 내리고 강민에게 이야기 했다.

"현승에서 저렇게 나오다니, 천왕가도 완전 뒤통수를 맞은 느낌이겠어요."

"그렇지, 기르던 개에게 물린 기분일 걸? 유니온까지 끌어들여서 자신들을 칠 줄은 전혀 몰랐겠지."

"이렇게 되면 현승도 유니온 산하로 들어갈까요?"

"글쎄, 현승이 호락호락하게 유니온 밑으로 들어갈까? 천왕의 밑에 있기 싫어서 저렇게 유니온과 함께 천왕의 뒤통수를 쳤는데 말이야."

맞는 말이었다. 하지만 유리엘의 생각에는 현승 자체만의 무력으로는 과거 천왕가의 힘을 업고 했던 사업은 하기 힘들 것 같았다. 그래서 강민의 말에 의문을 제기하였다.

"그렇지만 재계2위라고 해봤자, 천왕가에서 떨어져 나온 이상 이능세계에서 자신들의 뒤를 보아줄 세력이 필요하지 않을까요? 이능계에 간섭을 안 한다면 모르겠지만, 이미 이능세계에 대해서 잘 알고 있는 현승이 이능계를 포기할 것 같지는 않는데 말이에요."

"그렇겠지, 포기하지는 않을 거야. 지금 하는 것을 보니, 현승 디펜스에서 나온 저 녀석들을 이용해서 이능계에 영향력을 보이려는 것 같은데 말이야."

"A급 능력자조차 한명도 없고 B급 두 명, C급 세 명에 대부분 C급 미만의 능력자인데 저들로 가능할까요?"

"지금 동원한 세력만 저 정도고 숨겨둔 세력이 있을지도 모르지."

강민 역시 지금 스크린으로 본 인원만으로는 불가능하다는 것을 알고 있기에, 숨겨둔 세력에 대한 이야기를 꺼내었다.

"숨겨뒀다라… 천왕가에서 벗어나는 것이 그들의 최고 목표인데, 그렇게 많은 이능력자들이 숨겼을 것 같지는 않아요. 기껏해야 호위 인원 몇 명이겠죠. 한 번 찾아볼까요? 몇 명이나 남았는지?"

"굳이 그런 곳에 마나 위성의 마나를 쓸 필요까진 없겠지. 숨겨뒀다 하더라도 기껏 A급 한두 명일테니."

유리엘이 만든 마나 위성은 가공할만한 정보력을 가질 수 있게 해주는 신기(神器)였지만, 전능한 것은 아니었다.

실제로 유니온의 본부나 위원회의 각 세력들의 본부 등은 마나위성으로도 꿰뚫어 볼 수는 없었다. 마나 결계가 설치되어 있기 때문이었다.

그리고 마스터급 이상의 능력자라면 마나위성이 자신들을 지켜보는 것을 알아챌 지도 몰랐다. 물론 어디서 어떻게 보는지까지는 알 수 없겠지만, 자신을 지켜보는 시선이 있다는 것 정도의 막연한 느낌 정도는 가질 수 있을 것이었다.

하지만 그것은 일반모드였고, 저장된 마나를 활용하여 은폐모드나 침투모드를 이용한다면, 마스터의 시선에도 걸리지 않을 것이고, 약한 마나 결계정도는 뚫어서 볼 수도 있을 것이었다.

그렇지만 그런 특수 모드의 사용에는 위성이 저장해 놓은 마나를 사용해야 했고, 결계의 수준이 높을수록 마나의 사용량은 늘어났다. 그리고 위성의 마나는 충전되기는 했지만 무제한적으로 사용할 만큼 넉넉하지는 않았다. 이것도 지구의 마나장이 약해서 그런 것이었다.

지금 강민이 말하는 마나를 쓸 필요가 없다는 이야기

는 그런 것이었다. 현승의 본사에도 그런 마나결계가 펼쳐져 있었고, 그 곳의 이능력자들을 파악하려면 일반모드로는 힘들고 마나위성의 마나를 사용해야 할 것인데 굳이 그럴 필요는 없다고 말하는 것이었다.

어느 정도 이야기가 마무리 된 것 같자, 유리엘이 기지개를 펴면서 말했다.

"아~ 어디서나 주도권을 쥐기 위한 싸움은 끊이지가 않네요."

"인간의 본성이겠지."

"하긴 그런 투쟁심이 인간을 살아남게 했겠지요?"

"그렇겠지. 그런 투쟁심이 없었다면 인간은 마물들의 먹이 밖에 되지 못했을 거야."

"조만간 다가올 차원의 교차에서도 그 투쟁심이 살아있길 바라야겠네요."

"그렇지. 그렇지 않다면 마물의 먹이가 되고 말테니 말이야."

✢

해가 떨어진지도 한참이 지나 이미 어두워진 회장실에는 한명의 노인이 앉아 있었다. 불도 켜지 않은 채 검은 가죽의자에 기대어 앉은 노인은 유현승이었다.

띠리리링~ 띠리리링~

어두운 회장실과 대비되는 서울 시내의 화려한 야경을 바라보던 유현승은 갑자기 들려온 휴대전화 벨소리에 침중한 얼굴로 수신 버튼을 눌렀다.

"어떻게 되었느냐?"

어떻게 되었냐는 유현승의 말에 유태우의 감격스러운 목소리가 곧바로 들려왔다.

[아버지! 이젠 더 이상 천왕가의 눈치를 보지 않아도 될 것입니다! 지리산에 있는 본가도 다 처리했고, 일본으로 넘어간 천왕가의 세력도 유니온에서 이미 다 처리했다는 연락이 왔습니다!]

유태우의 말을 들은 유현승은 비어있는 왼손을 꾹 쥐었다. 왈칵 눈물이 나려는 것을 애써 감추고 떨리는 목소리를 가다듬은 유현승은 유태우에게 말했다.

"빠져나간 인물들은 없느냐?"

[어린 녀석들 중에서 외부에 상주하는 인력들은 몇몇 살아남았겠지만, 우리가 주최한 회합에 참여한다고 원로들을 포함한 주요 인물들은 다 모여 있었습니다. 그들 중에서는 살아남은 인물들이 없습니다.]

현승에서는 이번 일을 위해 화합의 장을 마련한다는 명목으로 천왕본가에서 회합을 주최하였다.

천왕가의 돈 줄인 현승에서 모임을 주최하는 것은 이상

한 일이 아니었다. 과거에도 이미 몇 차례나 개최했었기에 천왕에서는 아무런 의심 없이 그 요청을 받아들였다.

보통 현승에서 주최하는 모임에 참석하면 차비 등을 명목으로 기본적으로 억단위의 돈이 오갔기 때문에, 그것을 위해서라도 멀리 있는 가솔들까지 모이곤 했었다.

하지만 누구도 현승이 품은 칼을 보지는 못했고, 그것이 그들의 죽음으로 이어졌다. 애초에 전투를 위해서 온 것이 아니었기에, 대부분의 사람들이 평상복이나 가벼운 무구만을 착용하고 회합에 참석하였다.

회합이 개최되기로 한 시간까지, 주최자가 나타나지 않아 의아한 마음을 생기고 있을 때, 유니온과 S포스의 연합팀이 들이 닥쳤다. 그리고 회합에서 살아남은 사람은 없었다. 그러나 외부에 파견 되었거나 일이 있어 나가 있던 인원까지는 완전하게 처리하지는 못하였다.

외부에 사람들이 몇몇 남아있다는 이야기에 유현승은 침중한 어조로 말을 이었다.

"…살아남은 사람들이 있긴 하다는 말이구나."

[그렇지만 그들 역시 조만간 처리할 생각입니다. 어차피 그들 정도는 유니온의 힘이 없더라도 S포스만으로도 충분히 처리 가능할 테니 말입니다.]

"너무 방심하지 말거라. 천왕가는 저력이 있는 조직이야. 우리가 그들을 등지려고 마음 먹은 이상 철저하게 대응해야 할 것이야."

유현승은 신중하게 이야기 하였지만, 유태우는 여전히 자신만만한 목소리였다. 천왕가를 멸문시킨 흥분이 가라앉지 않고 있어서였을 것이다.

[네, 알겠습니다. 아버지. 이번 유니온과 협상을 통해서 유니온에서 제작한 우수한 무구들을 많이 확보해서 전보다 전력이 좋아졌습니다. 어린 녀석들 정도는 충분히 처리가 가능할 것입니다.]

"다른 단체들의 움직임은 아직 없느냐?"

[우리 현승과 천왕가 사이의 내전으로 알려져있으니, 다른 곳에서 움직일 명분은 없겠지요. 그리고 천왕가가 평소에 한 행태가 있으니 지원 세력은 없었습니다.]

"…수고했다. 정리 잘하고 돌아오너라. 와서 자세한 이야기를 하자꾸나."

[네. 아버지!]

더 이상 이야기를 나누면 자신의 의지와 관계없이 눈물이 날 것 같아서 유현승은 서둘러 전화를 끊었다.

10년을 보고 생각했던 계획이 불과 3년만에 이렇게 결론이 내려지니 기쁘기 보다는 허무한 감정이 앞서서 들었다. 이렇게 쉬웠는데, 그동안 왜 그런 모멸감을 참아왔는지….

하지만 유현승도 알고 있었다. 유니온의 힘이 없었다면

10년이 지나도 힘들었을 수 있다는 것을 말이다.

휴대전화를 테이블에 내려놓은 유현승은 잠시 눈을 감고 의자 깊숙이 몸을 묻으며 고개를 뒤로 젖혔다. 유현승의 머릿속에서 어렸을 때부터의 일이 주마등처럼 흘러지나갔다.

단전이 형성되지 않아서 갖은 모멸과 멸시를 겪은 어린 시절부터, 가문에서 축출 되다시피 하며 일반 세상으로 나간 젊은시절, 이후 고생고생하며 현승의 기틀을 만들던 장년 시절이 스쳐지나갔다.

그리고 현승이 어느 정도 자리를 잡자 다시 가문의 일원으로 받아들여졌던 중년시기, 가문의 지원을 입고 현승을 재계 2위까지 만든 노년의 시기까지 자신의 전 생애가 마치 영화관에서 영화를 보는 것처럼 아련히 지나갔다.

유현승이라고 복수심이 없었던 것은 아니었다. 어렸을 적부터 겪었던 모멸감만 해도 증오할 만한데, 자리를 잡고 나니 그제야 가문의 일원으로 인정해주는 그 기회주의적 행태에 복수심이 없었다면 거짓말일 것이다.

하지만 현실 세계에서 아무리 돈이 많다 하더라도, 이능을 지닌 초인들과 상대하기는 역부족이라는 생각으로 그런 마음을 누르고 또 누르고 있었었다.

반면, 아들은 달랐다. 태생부터 천왕가의 가신으로 아니

하인과 다름없는 입장으로 태어난 자신과는 달리, 아들은 자신감이 넘치는 재계 2위 현승의 주인이었다. 그런 상황에서 가문으로부터 부당한 대우를 받으니 아들은 그런 상황을 참지 못했을 것이었다.

그렇게 시작했던 계획이었다. 사실 유태우는 어떨지 몰랐지만 유현승은 지금처럼 가문을 멸하는 것이 아닌, 가문으로부터의 독립 정도를 생각하고 진행했던 계획이었다.

그러나 그 계획의 결과는 가문의 몰락으로 이어졌고, 유현승은 독립에 대한 감격스러움과 함께 걱정스러운 마음이 동시에 들었다.

자신들의 힘으로 이루었다면 감격만 느꼈을 것이었다. 하지만 지금의 상황은 현승이 만든 것이라기보다는 유니온이 만든 것이었다.

아들에게 말은 하지 않았지만, 어쩌면 늑대를 쫓기 위해서 호랑이를 불러 온 것일 지도 몰랐다.

천왕가야 현승을 하수인처럼 보더라도 근본적으로는 같은 집단이라 보고 있었기에 내부적으로는 무시 할지언정, 현승과 다른 이능단체가 부딪히면 전적으로 현승의 편에 서서 대응해 주었다.

그러나 유니온은 전혀 달랐다. 서로의 이해관계에 의해서 만난 집단이기에, 그 이해관계가 끝나면 현승은 끈 떨어진 낚시 바늘 신세가 될 가능성이 높았다.

유니온이 없더라도 살아남을 수 있는 자구책이 필요한 시점이었다.

'계획대로 10년이라는 시간이 있었다면 S포스의 역량이 지금의 열배 이상은 되었을 것이지만, 지금은 S포스의 힘이 너무 약해… 다른 세력과의 연수를 알아보아야 하나….'

천왕가의 손에서 벗어나는 것은 간절히 원하던 것이었지만, 그 뒤의 일을 생각하니 유현승의 고민은 깊어질 수밖에 없었다.

6장. 구출

NEO MODERN FANTASY STORY & ADVENTURE

현세귀환록

現世歸還錄

6장. 구출

"역시 S팀이군요, 부상을 입은 마스터라지만 어쨌든 마스터까지 잡았네요."

앤더슨 총재가 벤자민이 가져온 보고서를 보며 이야기하였다. 하지만 벤자민 부총재의 표정은 밝지만은 않았다.

"하지만 총재님, S2팀중에서 살아남은 인원이 3명밖에 되지 않습니다. 마스터 한명에게 입은 손해치고는 너무 큰 것 같습니다."

벤자민의 말에 자리에 앉아 보고서를 보던 앤더슨이 그를 올려다보며 말했다.

"부총재님, 우리가 마스터를 잡았어요! 불과 몇 년 전만 하더라도 마스터를 상대하려면 제가 나서는 방법밖에는 없다고 말한 우리가 말입니다!"

"그… 그건 그렇지요…."

앤더슨은 묘한 열기에 찬 눈으로 벤자민에게 말했다.

"어차피 S팀이 쓰던 무구는 다 회수해 왔지 않습니까?
또 다른 S팀을 만들면 되는 것이죠. 그들이 죽으면 또 다
른 팀을 만들구요."

S팀원들을 마치 소모품처럼 여기는 앤더슨의 태도에 벤
자민은 내심 눈살을 찌푸리며 이야기하였다.

"항마력이 있는 무기와 방어구를 쓰려면 A급 정도 되지
않는다면 힘듭니다. 그들도 항마력을 발동시키고 나면 한
동안은 후유증으로 마나를 쓰는데 제약이 있지 않습니까.
그런 A급 이상의 요원들은 유니온에도 흔한 자원은 아니
지 않습니까? 그렇게 취급할 요원들은 아닌 것 같습니다."

"음… 그럼 차라리 B급이나 C급 요원들을 이용하는 건
어떻습니까?"

A급 정도가 아니면 쓰지 못한다고 조금 전에 말했는데
B급, C급을 이야기하는 앤더슨을 의아한 표정으로 바라보
며 벤자민이 말했다.

"아까도 말했듯이 항마 무구를 쓰려면 A급 정도는 되어
야 합니다만…."

그런 벤자민의 표정을 보며 앤더슨이 웃으며 말했다.

"비약이 있지 않습니까? B급이나 C급도 비약을 먹는다

면 잠시간은 그 정도 힘을 낼 수 있을텐데요?"

벤자민은 요원들을 마치 부속품처럼 언급하는 앤더슨의 말에 내심 생기는 불만을 감추며 대답했다.

"그렇지만… B급 이하의 능력자가 비약을 먹는다면 후유증을 이기지 못하고 죽거나 폐인이 되고 말 것입니다."

"아. 저도 상시 운용하자는 이야기는 아닙니다. 특!별!한! 상황이 발생하는 경우에만 그들을 운용하면 되지 않겠습니까?"

특별한 상황에서 운용한다고 하자 벤자민도 더 이상 반대를 하기는 힘들었다. 하지만 여전히 벤자민의 심경은 불편했다. 그런 벤자민의 내심을 읽었는지, 앤더슨은 그를 달래는 듯 부드러운 말투로 벤자민에게 이야기 했다.

"저도 우리 요원들을 함부로 낭비하고 싶지는 않아요. 하지만 필요하다면 대를 위해서 소를 희생할 수도 있지 않겠습니까? 우리 유니온이 이능세계에서 우뚝서려는 대의는 우리 요원들의 희생 없이는 불가능 할 것이에요."

벤자민 역시 유니온이 위원회의 손아귀에서 벗어나 독립적인 기구가 되는 것을 원하고는 있지만, 앤더슨이 말하는 이런 전체주의(全體主義)적인 모습은 그가 원하는 것은 아니었다.

'그 대의는 대체 누구를 위한 대의입니까…'

그렇지만 벤자민은 이 말은 하지 못하고 입안으로 삼켰

다. 앤더슨은 보고서를 읽는다고 벤자민의 그 표정까지는 보지 못하고 말을 이었다.

"아, 그리고 납치되었다는 요원은 누구인지 밝혀졌나 요?"

"그게, S2팀과 AA팀들은 처음 손발을 맞춰보는 것이라 누가 누구인지 정확하게 모르고 있었습니다."

"보고서를 보니 나카타가 일으킨 폭발 때문에 대지의 기억도 거의 알아보기 힘들 정도라던데 복원은 안 되던가 요?"

대지의 기억이라고 완벽하게 상황을 알 수 있는 것은 아니었다. 과거 유리엘이 한 것처럼 인식장애마법으로 기억을 읽는 것을 막을 수도 있었고, 나카타가 한 것처럼 강대한 마나 폭발로 기억자체를 날려버릴 수도 있었다.

물론 나카타의 경우에는 그것을 의도하고 한 것은 아니었지만 결과적으로는 정확한 상황을 알 수 없게 되었다. 하지만, 살아남은 요원이 세명이나 되기에 그들의 진술을 통해서 정황은 다 파악하고 있었다.

"정확한 정황을 파악하기 위해서 복원 절차에 들어갔지만, 마나 폭발로 날아간 기억이 많아서 힘들 수도 있을 것 같습니다."

"흐음… 그럼 누군지 찾아볼 수 없나요?"

"일단은 현장을 찾아서 사체의 조각들을 확보하여 DNA

검사를 할 계획입니다. 다만 시간은 좀 걸릴 것 같습니다."

"그렇군요. 납치된 요원을 알아야지 누가 무슨 이유로 납치했는지 알 수 있을 테니, 확인해보세요."

"네, 확인되는 대로 보고 드리겠습니다."

말을 마친 벤자민은 앤더슨에게 인사를 하고 총재실을 나왔다. 총재실의 문이 닫힌 이후, 벤자민은 참았던 한숨을 내쉬었다.

점점 유니온의 이상과 자신의 이상이 맞지 않다는 생각이 들었기 때문이었다. 정확히 이야기 하자면 앤더슨의 이상과 맞지 않는 것이었다.

벤자민은 항마력이 있는 무구를 얻은 이후, 아니 어디서 제조법을 알게 되었는지 말하지 않는 비약을 만들 수 있게 된 이후부터 앤더슨이 약간 변했다는 생각이 들었다.

하지만, 그 이유는 알 수 없었다. 벤자민은 자꾸 이상한 생각이 들자, 애써 고개를 흔들며 떠오르는 생각을 지웠다.

✥

"엄마~! 오빠~! 나왔어~"

일주일도 채 안 되는 짧은 출장이었지만 해외에 나갔다 왔다고 그새 집이 반가웠고, 가족들이 그리웠다. 그래서 강서영은 큰 목소리로 자신의 등장을 알리며 집으로 들어왔다.

그런 강서영을 어머니 한미애와 강민, 유리엘이 문 앞까지 나와 반겨주었다.

"아유 내 딸, 고생했어."

"고생은 무슨, 해외 나갔다오니 좋기만 하던데. 히히."

강서영의 말에 강민이 머리를 콩 쥐어박으며 말했다.

"표정 보니 일하고 온 게 아니라 놀다 온 것 같은데?"

"아얏, 이거 왜 이러셔~ 나도 일했어~ 일! 흥."

강서영의 툴툴거리는 모습을 보며 유리엘은 따뜻한 미소로 그녀를 맞았다.

"그래 다녀온 성과는 좀 있었어?"

"언니, 생각보다 성과는 없었어요. 제가 담당한 일은 아니었지만, 처음 간 해외출장에서 성과가 없으니 기분이 썩 좋지만은 않더라구요."

김강숙 과장과 강서영의 이번 출장은 결국엔 큰 소득 없이 끝났다. 결국 마지막 날 협상에서 2주안에 가부간의 결정을 내리지 않는다면 KM에서는 이번 스즈키 정밀의 인수를 백지화 하겠다는 통보를 남기고 모든 협상을 마쳤다.

또한 만약 현승에서 인수를 포기하여 다시 테이블에 앉게 될 때에는 지금과 같은 호조건은 없을 것이라는 말 또한 덧붙였다.

물론 김강숙의 일방적인 생각은 아니었고, 장태성 실장과의 대화를 통해서 내린 결론이었다.

김강숙과 관련 직원들이 몇 달간 인수 합병을 하기위해 애쓴 것은 사실이지만, KM그룹이 굳이 끌려 다니면서까지 스즈키 정밀을 인수해야 할 필요는 없기 때문이었다.

그 사업 말고도 무수히 많은 사업이 있고, 현재 검토중인 큰 사업들만 하더라도 서너개가 있는데 여기에만 얽매일 필요는 없었다.

결과적으로 이번 일본 출장에서 스즈키 정밀에 대한 인수 건은 큰 진전이 없었다.

강서영과의 인사가 끝나자 뒤에 있는 사람들이 눈에 들어왔다. 강서영의 뒤에는 익숙한 얼굴의 최강훈과 낯선 얼굴의 한수강이 함께 서 있었다.

한미애는 강서영의 뒤에 서 있는 한수강을 발견하고 최강훈에게 물었다.

"강훈아, 여기 이 친구는 누구….?"

"아. 어머님, 이 녀석이 수아 동생이에요."

"뭐? 수아 동생? 수아한테 동생이 있었어?"

한미애는 깜짝 놀라며 최강훈에게 되물었다.

"네, 어머님. 그 때는 이 녀석이 혼자 산다고 독립해버린 상태여서 말씀드리진 못했는데, 이 녀석이 쌍둥이 동생이에요. 이름은 한수강이라고 하구요. 뭐해, 수강아. 어서 어머님께 인사드려."

"아… 안…녕하세요."

한수강은 이런 인사가 어색한지 쭈뼛거리며 고개를 숙
였다. 그런 한수강의 모습에 한미애가 인자한 표정으로 그
를 맞아주었다.

"반가워요. 수아 동생이라니 말 편하게 할게요. 내 집이
다 생각하고 편히 있으렴."

"네… 네…."

한수강은 여전히 어색해 하며 인사를 하였다. 이런 대우
는 그에게 처음이니 적응되지 않는 모습인 것 같았다. 그
런 한미애는 한수강의 모습을 따뜻하게 바라보다 고개를
돌려 최강훈에게 물었다.

"아. 강훈아 수아한테는 연락했니? 아직 학교에 있으려
나?"

"수아 오면 놀래켜 줄려고 따로 전화하진 않았어요. 어
머님도 수아한테 먼저 연락하지 않으셔도 되요."

"그래? 동생이 온 걸 알면 어서 보고 싶을 텐데. 연락을
하지 그랬니."

"뭐, 몇 시간 뒤면 볼텐데요. 하하."

한수아 역시 한수강을 본다면 하고 싶은 말이 많을 것이
지만, 일단 강민과 이야기하는 것이 먼저였다.

한수아가 오면 조용히 따로 이야기를 나눌 분위기는 되

지 않을 것 같아, 최강훈은 그녀에게 별도로 연락하지 않았다. 어차피 얼마 지나지 않아 만날 수 있을 것이기 때문이었다.

"그래, 아. 문 앞에서 이럴 것이 아니라 어서 들어오렴."

강서영이 오는 것을 알고 있었기에 한미애는 솜씨를 발휘해서 저녁을 차려놓았었다. 아직 저녁을 먹기는 조금 이른 시간이었지만, 강서영이 배고프다는 말에 모두가 함께 식사를 같이 하였다.

식사를 마친 후 강서영은 한미애와 거실에서 이야기를 나누었고, 최강훈은 강민과 유리엘에게 시간을 내줄 것을 요청하여 한수강과 함께 2층으로 올라갔다.

❖

"그래서 제 은인인 유키를 살리기 위해 기회를 보고 있는 중이었습니다… 만약 형… 님께서 도와주신다면 이 은혜 평생을 두고 갚아나가겠습니다."

한수강은 4년 전 제주도에서 강민과 유리엘을 본 이후로 처음 그들을 보는 것이기에 약간 어색해 하며 말을 마쳤다.

마나 위성을 통해서 한수강의 이야기를 다 듣고 보았지만, 그것을 내색할 수는 없기에 강민과 유리엘은 다시 한

번 한수강의 이야기를 다 들었다.

최강훈 역시 한 번 더 듣는 이야기였지만, 한수강의 힘들었던 상황에 대한 이야기가 나오자 그가 안쓰러워 보였는지 안타까운 표정으로 그를 바라보고 있었다.

과거 한수강은 한진문 사후 1년여 간은 제주도에서 수련을 하였다고 했다. 1년의 수련 끝에 나름 성취를 보았다고 생각도 하였고, 더 이상 수련해도 느는 것 같지 않다는 생각이 들자 복수를 생각하며 무턱대고 일본으로 넘어갔었다.

한수강은 그 때 상황을 이야기하며 이렇게 말했었다.

"지금 생각하면 미친 짓이었죠, C급도 채 되지 못한 주제에 복수는 무슨 복수였는지…."

젊은 나이, 아니 어린 나이었기에 가능했던 생각일 것이리라. 성인도 되지 못한 어린 나이에 1년씩이나 동굴 같은 곳에 숨어서 수도승 같은 생활을 하는 것을 견디지 못해 스스로를 자기 합리화 한 것일 수도 있었다.

사실 수련은 주변 환경이 완벽히 받쳐주는 곳에서 하는 것이 월등히 효율이 높았다. 혼자서 의식주가 갖추어지지 않는 곳에서 수련을 한다면 그 효율은 낮을 수밖에 없었다.

단적인 예로 식생활조차 완비되어 있지 않는 곳에서 수련을 한다면 그날그날 식사를 준비하는 것 만해도 상당한 시간을 빼앗길 것이다. 한수강이 그런 입장이었다.

1년여간의 수련이라 해도 최강훈이 강민의 전폭적인 지지를 받으며 행하였던 수련과 비교해 볼 때, 양적으로든 질적으로든 엄청나게 비효율적인 수련 방법이었다.

그래서 1년의 수련만에 D급에서 D+급 정도가 된 한수강은 C급의 벽도 채 넘지 못하고 일본으로 건너간 것이었다.

한수강의 계획은 간단했다. 일본으로 건너가서 빠찡코 같은 곳에서 소란을 부리면 야쿠자들이 나올 것이고 그런 야쿠자를 하나하나 잡아가다보면 우두머리가 나올 것이라 생각했다.

그리고 그 우두머리는 이능단체와 연관이 있을 것이니 그렇게 그들을 하나하나 잡으며 기반을 다지다 보면 언젠가는 복수를 할 수 있을 것이라 생각했다.

엄청나게 허술하고 한심한 계획이었지만, 고등학생 정도 나이의 한수강의 생각에는 이렇게 실전을 병행하며 수련한다면 성취 역시 빠를 것이라는 막연한 생각까지 하고 있었다.

그러나 그런 자신감은 일본으로 넘어온 뒤 일주일도 되지 않아 깨어졌다. 애초에 말도 제대로 통하지 않는 곳에서 살아남는 것 자체가 힘들 것이었다.

더군다나 처음 계획한 대로 요령없이 빠찡코 같은 곳에

서 소란을 부렸다가 오히려 일반 경찰에 쫓기기도 하였다.

결국 복수를 생각하며 일본으로 건너갔지만, 한수강이 그 곳에서 할 수 있는 것이라곤 아무것도 없었다.

한수강은 복수를 한다는 목적만 생각했지, 자신이 그 곳에서 어떻게 생활하며 어떤 식으로 복수 할 것이라는 구체적인 계획도 없이 순간적인 감정으로 막연히 넘어온 것이었다. 알량한 성취를 얻은 것에 대한 자신감도 한 몫을 했을 것이었다.

한국에서 환전해 온 수중의 돈이 떨어져가니 먹고 살길도 막막하였다. 그렇게 자신감이 깨어지고 나니 현실이 눈에 들어왔다. 그래서 한국으로 다시 되돌아 가야할지 고민하고 있던 그에게 한줄기 구원의 동아줄이 내려왔다. 유키였다.

재일교포 2세였던 유키는 식당에서 일본어가 서툴러 우물쭈물하는 한수강을 도와주는 것으로 그와의 인연을 시작했다.

당시 20살 대학생인 유키는 한수강이 한국인임을 알게된 후 자신 역시 부모님이 한국사람인 재일교포라며 반가워하며 불쌍해 보이는 그를 도와주었다. 그리고 그 친절은 1회에 그치지 않았다.

둘이 친해진 이후 한수강이 유키에게 왜 그렇게 처음 본 사람에게 친절했냐고 물어보았더니, 유키는 죽은 동생이 생각나서 그렇다는 말을 하였었다.

한수강은 몰랐지만 당시에 유키는 각성자로 유니온 소속의 요원이었다. 불을 다루는 권능이 있는 유키는 C등급의 능력자였다.

물론 그녀가 한수강이 이능력자인 것을 알고 그에게 접근한 것은 아니었다. 앞서 말한 것처럼 한수강을 보고 죽은 동생이 떠올라 그를 도와 준 것뿐이었다.

하지만 둘이 함께 시간을 보내며 한수강이 무투형 마나적합자로 마나를 다룰 줄 아는 것을 알게 된 그녀는 그에게 유니온 일본지부에서 같이 일할 것을 권유했다.

그리고 한수강은 그 제의를 받아들였었다. 어차피 힘을 기르고 복수를 하기 위해서라도, 여기 일본에서 적응하고 수련 할 곳이 필요했기 때문이었다.

유니온에 들어가서도 유키는 한수강에 대한 하나하나를 모두 도와주었다. 언어부터 적응 및 훈련까지 그녀는 마치 친동생처럼 그를 돌보았다.

1년간의 훈련 이후 한수강은 정식요원이 되어 유키와 함께 십수차례 이상 임무를 수행하였는데, 1년여 전 한 임무를 수행하던 중 유키가 큰 부상을 당하고 말았다.

상처는 너무 깊었고, 유키는 간신히 목숨만을 부지하여 식물인간의 상태로 유니온의 치료센터로 옮겨졌다.

유니온에서는 당연히 요원들에 대한 치료 시스템이 마

련되어 있었다. 목숨을 걸고 하는 임무가 많다보니 그런 시스템이 없다면 요원들이 충실히 임무를 수행할 수 없을 것이기 때문이었다.

유키 역시 그 치료시스템으로 치료를 받고 있었는데, 식물인간이 된지 1년여의 시간 동안 아무런 차도가 없었다.

한수강은 요원으로 받는 월급과 수당을 합쳐 이능마켓에서 포션이나 영약들을 구매하여 유키의 치료에 썼으나, 여전히 유키는 식물인간의 상태로 유니온이 마련한 치료센터에 있을 뿐이었다.

그런데 두 달 전 치료센터에 갔던 한수강은 센터 소속 의사 및 연구원들이 나누는 대화를 스쳐 지나가듯 들을 수 있었다.

연구원들은 실험자들의 데이터에 관한 이야기를 나누고 있었는데, 얼핏 유키의 이름이 나와서 자신도 모르게 집중해서 듣게 되었다.

그들은 D급이나 E급의 하급 능력자였기에 B급인 한수강이 숨어서 듣는다는 사실도 모르는 채 낮은 목소리로 이야기를 나누었다.

그리고 그들의 대화를 통해서 한수강은 사실 이곳은 치료센터라고 이름은 붙어있지만 사실은 치료보다는 이능력자들을 대상으로 하는 실험실에 가깝다는 것을 알게 되었다.

비교적 가벼운 부상이나 생명이 지장이 없는 팔, 다리 등의 손실에 대한 부상은 센터에서 치료를 하였다. 하지만 큰 상처를 입어 재기가 불가능하거나, 혼수상태나 식물인간 등 의식이 없는 환자들은 환자가 아니라 실험체로 여기며 각종 실험을 한다는 것을 알 수 있었다.

한수강은 분노했지만 이제는 분노에 따라서 바로바로 행동으로 옮기는 그런 과거와 같은 애송이가 아니었다.

아마도 유니온에서는 생체실험을 한다는 증거는 없을 것이었다. 또한 자신이 폭로한다면 오히려 척살조에 의해서 지워질 가능성이 높다는 것도 잘 알고 있었다.

그리고 유니온에서 유키를 내주지도 않을 것이지만, 무턱대고 그녀를 빼내올 수도 없었다.

치유능력이 없고, 의학적 지식조차 없는 한수강이 무작정 센터에서 그녀를 데리고 나온다면 당장 최소한의 생명유지조차 못할 수도 있었다.

실험을 위해서든 뭐든 유니온의 치료센터에 있음으로 해서 최소한의 생명유지는 하고 있는 것이 사실이기 때문이었다.

물론 실험체로 있기에 언제 어떤 실험으로 인하여 그녀의 목숨이 사그라들지는 알 수가 없었다. 최대한 빨리 그녀를 구해내야 할 것이었다.

한수강은 어떻게든 유키를 구해내고 싶었지만, 아직은

준비된 것이 없었다. 일단 자신의 힘을 기르고 정보를 획득하는 것이 우선이었다. 그래야 치료센터에서 유키를 빼내올 수 있을 것이고, 향후 유니온 타격대의 손에서도 빠져나갈 수 있을 것이었다.

두 번째는 그녀가 생명유지를 할 수 있도록 하는 시설이 필요했다. 혼수상태인 그녀를 집안에 그냥 방치할 수는 없기 때문이었다. 그래서 한수강은 유니온의 손에 닿지 않는 병원들을 알아보고 있었다.

또한, 최상급 포션 및 비약 등을 확보해서 그녀를 치료할 수 있는 방법 또한 찾아보아야 할 것이었다. 전에도 포션 및 비약을 유니온에 제공하여 그녀에게 전달했지만, 지금의 행태를 보아서 그것이 제대로 그녀에게 들어갔으리라는 생각은 들지 않았다.

그녀의 상황은 너무도 위험했지만, 섣불리 자신이 나섰다가는 그녀도 자신도 죽게 될 가능성이 더 높았다. 최근 B등급에 올라서 약간의 자신감은 들었지만 그녀를 빼돌릴 때 쫓아올 추격자들을 생각하면 확신할 수는 없는 상황이었다.

하지만 그녀의 상황을 봐선 오래 놔둘 수는 없었다. 믿을 만한 병원만 찾으면 바로 구출작전을 펼칠 생각이었다.

그렇게 마음을 먹고 있던 중 이번 임무에서 최강훈을 만났다. 아니, 최강훈이 그를 발견하였었다. 만약 최강훈이 그를 발견하지 못했다면 한수강은 죽고 말았을 것이었다.

한수강의 이야기를 다 들은 강민이 그에게 말했다.

"그래서 네가 원하는 것이 그 유키라는 여자를 데려와서 치료를 하는 것이냐. 아니면 그런 일을 저지른 유니온에 대한 복수까지인 것이냐?"

어머니와 여동생이 살아 있는 동안만이라도 조용히 살고 싶었는데, 세상은 강민을 가만히 놔두지 않았다. 인연의 인연이 꼬리를 물고 그에게 다가왔다.

이런 부탁들을 그냥 무시할 수도 있었다. 하지만 부탁을 해결하는 것에 큰 힘이 드는 것도 아닌데, 단지 귀찮다는 이유로 무시할 정도로 그가 만들어 온 인연들을 가볍게 여기지는 않았다.

물론 이것은 강민이 마음이 움직일 때의 이야기였다. 인연이라고 해서 모든 일에 대한 도움을 줄 생각까지는 없었다.

"…유니온에 대해서 말입니까?

강민의 질문에 한수강은 어리둥절해 하다가 대답하였다. 왜냐하면 유니온 전체에 대한 복수는 생각하지도 않았기 때문이었다.

비록 최강훈이 강민에게는 불가능이 없다고는 말하였지만, 한수강의 생각에는 유키를 몰래 빼내와서 치료하는 것만 생각하였다. 복수까지는 생각지 못하고 있었다.

그런 한수강의 말과 표정에서 그의 심경을 짐작했는지, 최강훈이 말을 거들었다.

"민이 형님이 퍼니셔야."

"퍼니셔?"

"그래, 헤이안의 수뇌부와 쇼군을 처단한 그 퍼니셔라고."

"아!"

한수강의 입에서 외마디 신음성이 나왔다. 일본에 있었던 그는 퍼니셔의 이름에 대해서 너무도 잘 알고 있었다. 그 때문에 일본의 이능계가 뒤집어지지 않았는가.

비록 쇼군이 죽을 당시에는 일본에 있지 않았지만 한수강에게는 모를 수가 없는 이름이었다.

"그… 그럼…."

"그래 형님이라면 유니온 전체와 싸워도 이기실 수 있어. 그러니까 네 생각을 말해봐. 참고로, 헤이안이 그렇게 된 것도 내가 형님께 부탁해서 그렇게 된 것이야."

"혀… 형이 부탁한 거라구?"

"그래, 형님께서 방금과 같이 내게 물으셨지, 복수를 원하는지 말이다. 그리고 나는 복수를 원한다고 했지. 그 결과가 헤이안의 파멸이었고."

한수강은 최강훈의 말에 약간 얼이 빠진 듯 한 모습이었다. 그렇게 강력했던 일본 이능계를 장악했던 헤이안이 단지 최강훈이 복수를 원한다는 한마디에 무너졌다니… 한수강으로서는 상상도 하지 못했던 일이었다.

그런 한수강의 모습을 보던 최강훈은 말을 이었다.

"그러니까 너도 지금 네가 가진 생각을 솔직히 형님께 말해봐."

마스터인 최강훈이 보장하는 일이었다. 한수강은 조금 더 진지하게 고민하기 시작했다. 그리고 잠시간의 시간이 지난 후 그가 입을 열었다.

"유키를 데려오는 것으로 충분합니다."

지금도 일본지부에는 동료들이 많이 있었다. 그들 중 이런 생체실험을 아는 사람은 극히 드물 것이었다. 아마 소수의 수뇌부에서 내린 결정이고 알고 있는 사항일 것인데 유니온 전체에다가 복수를 할 수는 없었다.

하지만 한수강의 말은 이것이 다가 아니었다. 잠깐 말을 끊었던 한수강은 이내 한 마디 말을 덧붙였다.

"다만, 가능하시다면 관련자를 징벌하셔서 생체실험은 다시는 못하도록 해주시면 안 되겠습니까?"

한수강의 말에 강민은 고개를 끄덕였다.

"그래 알겠다. 그럼 그리로 가보지. 너도 함께 가는 것이 좋겠지?"

아무래도 한수강이 유키를 구출하는 것에 함께 하고 싶어할 것이 당연하였기에 강민은 그렇게 말했다.

그리고 당연한 듯이 지금 바로 움직이려 하였다. 그런 강민의 모습에 한수강은 약간 당황해하며 말했다.

"저… 저기 누나라도 보고 가면 안 될까요?"

한수강은 지금 떠나면 또 언제 돌아올지 모른다는 생각에 한수아를 보고 가고 싶었다. 4년 동안은 일부러 찾지 않았지만, 이제 막상 볼 수 있다 생각하니 더 보고 싶은 누나였기 때문이었다. 하지만 유리엘의 대답을 듣고 그는 바로 납득하였다.

"수아 오기 전에 돌아올 테니 걱정 마. 호호."

그런 한수강의 모습에도 아랑곳 않고 강민은 유리엘에게 물었다.

"유리, 위치는 파악되었지?"

"그래요, 아까 수강이 말 듣고 파악해 뒀어요. 도쿄 인근에 유니온에서 운영하는 치료센터가 있네요. 수강아, 여기 맞지?"

유리엘은 일본 전도 모습의 홀로그램을 나타나게 해서 점차 확대하는 방식으로 도쿄 인근의 한 건물을 한수강에게 보여줬다. 한수강은 놀라워하면서 대답했다.

"네… 네! 저기가 맞습니다."

한수강이 맞다고 하자 유리엘은 손을 이리저리 움직여서 치료센터의 입체도면을 띄웠다. 그 입체도에는 안에 있는 사람들까지 푸른색 점으로 대략 표시되었는데, 마나의 크기에 따라서 그 푸른 점의 크기가 다른 것 같았다.

"그 유키라는 아가씨는 어디 있었지?"

한수강은 홀린 듯이 입체도를 보다가 유리엘의 질문에 서둘러 대답했다.

"702호, 7층의 두 번째 병실입니다."

다시 유리엘은 손을 움직였고, 건물의 내부가 화면으로 보여졌다. 이번에는 홀로그램이 아니라 건물 내부 및 사람들 한명 한명이 티비 속에 나온 것처럼 확연하게 보였다.

한수강이 말한 702호에는 4명의 여성 환자들이 있었는데, 두 번째 환자의 얼굴이 보이자 그가 외치듯 말했다.

"저기! 저 여자가 유키에요."

한수강이 지적한 유키는 긴 생머리의 20대 아가씨였는데, 오랜 병원생활에 몸이 쇠약해졌는지 팔과 다리가 무척이나 가늘었다.

아직도 식물인간 상태인지 여전히 눈은 감겨있었고, 오른쪽 손목에는 링거줄이 꽂혀 있었다.

한수강이 유키를 확인하자 강민은 유리엘에게 눈짓을 줬다. 움직일 시간이었다.

"그럼 가자."

딱~!

유리엘이 손가락을 튕기자 어느새 네 명은 도쿄 인근에 위치한 치료센터의 입구에 나타나 있었다. 과거 허공에 나타났을 때 최강훈이 당황해했던 것을 고려했는지, 이번에는 한수강을 배려하여 바닥과 가까운 곳에 나타났다.

하지만 그런 배려에도 한수강은 엉거주춤하며 엉덩이를 바닥에 찧을 뻔하였다. 물론 무투형 이능력자인 그는 재빠르게 자세를 잡아서 그런 추태를 보이는 것은 피하였다.

센터 앞에 나타난 강민은 살짝 미간을 찌푸리며 말했다.

"이거 재미없는 짓을 하는데?"

뜬금없는 강민의 말을 유리엘은 바로 알아들었다.

"그러네요. 느껴지는 마나 성향을 보니 악인(惡人)뿐만 아니라 선량한 사람들도 있는 것 같은데 말이에요."

최강훈과 한수강은 둘이 무슨 이야기를 하는지 당연히 알아들을 수가 없었다. 그들에게는 아무것도 느껴지지 않았기 때문이었다.

다만, 마스터의 경지인 최강훈은 센터의 지하부분에서 자신의 감각을 가로막는 무언가가 있다는 정도는 느낄 수 있었다.

최강훈의 느낌처럼 치료센터에는 결계가 펼쳐져있었다. 건물 전체를 둘러싼 결계가 아니라 건물 지하만 막고 있는 결계였다.

마스터 급의 능력자라 할지라도 특수한 능력이 없다면 결계 속에서 무슨 일이 벌어지고 있는 것 인지까지는 알기가 힘들었다.

물론 알아차리지 못하는 것과 결계를 뚫어내는 것은 다른 이야기였다. 최강훈 정도의 마스터라면 결계는 뚫어낼 수 있을 것이다. 하지만 뚫기 전에는 그 속을 볼 수 없다는 이야기였다.

그러나 강민은 이곳에 나타나는 순간 결계 아래쪽에서 무슨 일이 벌어지는지 알 수 있었다. 이 정도 수준의 결계로는 강민의 탐색을 막을 수가 없었다.

하지만 탐색능력과는 무관하게 강민은 치료센터 깊숙한 곳에서 울리는 영혼의 단말마가 강렬하게 느껴졌다.

유니온의 결계는 모든 것을 은폐하며 제대로 기능하고 있었지만, 영혼의 통곡까지는 막지 못했다. 아니 애초에 결계를 설치한 자조차 그런 것이 있는지 모르고 있었을 가능성이 높았다.

그러나 강민과 유리엘은 영혼의 울부짖음을 들을 수 있었다.

그런 이유로 강민의 미간이 찌푸려졌던 것이었다. 영혼의 통곡은 일반적인 상황에서는 들을 수가 없었다. 정신과 육체가 견딜 수 없는 극한의 고통을 주었을 경우에나 들을 수 있는 울림이었다.

이 정도 크기의 영혼의 통곡이라면 그 당사자는 죽기만을 바라고 있을 것이다. 영원한 안식이라는 죽음만이 그가 바라는 유일한 바람일 것이다.

과거 수천 년간 그 일을 겪어보았던 강민은 그런 사실을 누구보다도 잘 알고 있었다.

그래서인지 강민의 목소리가 유래 없이 차가워졌다. 순간적으로 주위의 마나조차 얼어붙는 듯한 느낌이었다.

"차원이 교차할 때까지는 두고 보려고 했더니 이거 안 되겠군. 이따위 짓을 하다니 말이야. 유리, 벤자민 마나파문은 기억해뒀지?"

한 번 본 사람의 마나파문을 잊을 리 없는 유리엘이었지만, 강민은 확인 차 한 번 더 물어봤다.

"당연하죠. 어떻게 하려구요?"

"여기로 불러와줘. 지금껏 본 벤자민의 성향상 이런 짓을 할 것처럼 보이지는 않았는데, 한번 확인해봐야겠어."

"알겠어요."

강민이 스스로의 성취를 자신할 수 있게 된 이후 마나 성향으로 사람을 판단하는 것에 오류는 없었다.

그리고 그가 판단한 벤자민은 다소 외골수적이고 아집은 있었지만, 기본적으로 이 정도의 일을 벌일 정도로 악한 성향의 사람이지는 않았다. 그렇기에 한 번 더 확인해

보려고 하였다.

한수강은 지금 강민과 유리엘이 무슨 말을 하는지 알 수가 없었다. 그는 지금 당장이라도 센터로 돌진하여 유키를 구해내고 싶었다.

하지만 지금 현장의 주재자는 강민이었다. 도움을 받는 처지에 그가 하는 일을 방해할 수는 없었다.

✤

벤자민은 유니온 본부에 마련된 자신만의 연구실에서 실험을 하고 있었다. 부총재의 위치에 있지만 벤자민은 아직도 활발하게 연구를 하였고, 실제로 많은 성과를 내고 있기도 하였다.

지금도 항마력이 있는 마나 무구의 부작용을 좀 더 개선할 수 있는 술식을 짜고 있었는데, 생각처럼 잘 풀리지는 않았다.

"아. 이 술식만 계산대로 된다면 지금 부작용을 반 이하로 떨어트릴 수 있을 텐데."

직접 가르치는 5서클의 제자도 있었지만, 지금 이 술식은 아직 완성되지 않은 실험적 성격이 강하였기에 제자 없이 일단 혼자서 연구 중이었다.

유리엘이 펼친 인식장애마법을 연구하는 것은 올림포스

만이 아니었다. 벤자민 역시 대지의 기억을 통해서 인식장애마법을 연구하고 있었는데, 이번의 술식도 그 인식장애마법에 쓰인 술식 중 일부를 차용해서 만든 것이었다.

한참을 더 마나패널에 룬문자와 각종 도형들로 술식을 짜 넣던 벤자민은 자신도 모르게 중얼거렸다.

"이렇게 하면… 마나 활성화가…."

푸시식~~

하지만 벤자민의 바람과는 달리 마나 술식을 부여한 테스트용 마나패널은 김빠지는 소리와 함께 타버리고 말았다.

"흐음… 생각보다 쉽지가 않군."

한참 동안의 실험에도 성과가 없자 그는 잠시 쉬기 위해서 의자에 앉아 이미 식어버린 커피가 든 머그컵을 들었다.

식어버린 머그컵에 약한 화염마법을 일으켜 커피를 데운 벤자민은 적당한 온도가 되자 천천히 잔을 들어 입으로 가져갔다.

그 순간, 갑자기 벤자민의 몸 반경 2미터 정도에 강한 마나장이 펼쳐졌다. 아무런 전조도 없이 느닷없이 펼쳐진 마법이었다.

"어엇!"

하지만 그 역시 닳고 닳은 마법사였다. 결계가 펼쳐진

이곳에 어떻게 마법사가 잠입하여 자신에게 마법을 거는지 모르겠지만, 이대로 호락호락 당할 수는 없었다.

벤자민은 서둘러 퀵스펠을 펼쳤고, 그에 따라 이내 평소에 저장해 둔 보호마법들이 그의 주위를 감싸며 발동하였다. 동시에 자신만의 마나장을 일으켜 주위에 펼쳐진 마나장을 중화시키려고 하였다.

마법사간의 대결에서 상대방의 마나장에 장악되었다는 것은 목숨을 내놓고 있는 것과 마찬가지의 상황이기 때문이었다.

그러나 어떤 마법사가 펼친 마나장인지는 모르겠지만, 자신의 마나장은 주위의 마나장에 어떤 영향도 미치지 못하고 있었다.

벤자민은 최선을 다해 마나장을 중화시키고 이곳을 빠져나가려 하였지만 그 마나장은 요지부동이었고, 마나장의 인력에 의해서 자리를 피하지도 못하고 있었다.

위잉~위잉~위잉~

벤자민의 노력에도 아랑곳 않고 그를 둘러싼 마나장은 점점 강해졌다. 마나장에 서린 마법 술식까지는 읽지 못했지만, 마나장의 패턴자체는 익숙했다. 순간이동 마법이었다.

"어… 어떻게…."

대응 마법진이 없다면 무생물일지라도 순간이동을 시키

는 것은 쉽지 않은 일이었다. S급이라 불리는 7서클은 되어야지 대응 마법진 없이 물건을 순간이동 시킬 수 있었다.

하물며 사람을 그것도 이 흐름에 극렬히 저항하고 있는 6서클의 마법사를 강제적으로 순간이동 시킨다는 것은 벤자민의 상식으로는 불가능한 일이었다.

9서클 대마법사라고 해도 지금 이 상황이 가능한 것인지 의문스러울 따름이었다.

지금도 벤자민은 마나장에 강력히 저항하며 이곳을 빠져나가려 하였지만, 마나장에 있는 인력은 점점 더 강해져서 지금은 움직이기조차 힘들었다.

잉~잉~잉~

마나장은 전자기기의 울림과도 같은 소리를 내면서 천천히 구(球)의 중심으로 줄어들면서 공간을 좁히더니 갑자기 급속히 작아지며 중심으로 모여들었다.

"아… 안 돼!"

그리고 벤자민의 외마디 외침과 함께 마나장은 사라졌다. 물론 그 속에 있던 벤자민도 마나장과 함께 사라졌다.

❖

"허… 헉! 대체 누구냐!"

자신이 원하지 않는 순간이동은 처음인 벤자민은 새로운 곳으로 이동하자마자 또 다른 퀵스펠을 통해서 공격 준비를 마쳤다. 아직까지 아까 전의 보호마법이 남아 있었기에 이번에는 공격 준비 위주의 퀵스펠이었다.

분명 강제로 순간이동을 시켰다면 호의(好意)로써 자신을 대하지는 않을 것이라 판단했기 때문이었다.

하지만 그의 그 마법은 앞에 서 있는 여성이 내저은 손짓하나에 모두 무효화 되고 말았다. 아무런 영창도 수인도 없이 단지 손짓하나에 벤자민이 발동한 모든 마법은 사라졌다.

이곳으로 순간이동 되자마자 자리를 피하기 위해 비행마법을 사용했던 벤자민은 모든 마법이 사라진 상태로 바닥에 엉거주춤 내려섰다.

벤자민은 걸려있던 마법이 디스펠 됨에 따라 신속하게 다른 마법으로 대응하려고 하였으나 이미 주변의 마나는 자신의 말을 듣지 않았다. 마치 마나가 동결된 것 같았다.

"어… 어떻게…."

대규모 마법진을 통해 마나 동결을 시도했다는 과거의 기록을 본적이 있었으나 주변에는 마법진의 기운은 없었다.

그리고 최초 강제 순간이동에 의해 이곳에 넘어왔을 때에는 마법을 쓸 수 있었으니, 벤자민은 마나 동결은 그 짧은 사이에 펼쳐진 것이라고 판단했다.

사실 마나가 동결된 것은 아니었다. 유리엘의 의지가 주변의 마나를 장악해서 그녀의 의지로서 다른 이의 마나 사역을 막고 있는 것이었다.

하지만 벤자민이 느끼기에는 마나가 동결된 것과 같았다. 왜냐하면 아무리 강한 의지로 마나를 장악한다 하더라도 자유로운 성질의 마나가 조금의 움직임도 보이지 않을 수는 없기 때문이었다.

이 세계의 마법사를 기준으로 보면 유리엘은 마나 동결보다도 더 대단한 일을 행하고 있는 것이었다.

아무런 마법을 일으킬 수 없게 되자 어느 정도 체념한 벤자민은, 그제서야 자신을 부른 사람이 누구인지 찬찬히 살펴보기 시작했다.

그의 앞에는 세 명의 남성과 한명의 여성이 서 있었는데 마법의 기운이 느껴지는 사람은 여성 밖에는 없었다. 저 여자가 자신을 부른 것이 틀림없었다.

하지만 자신이 아는 여자 마법사 중에서 이 정도 마법을 쓸 수 있는 사람은 없었다. 그래서 여자 마법사의 얼굴을 자세히 보았지만 도무지 처음 보는 얼굴이었다.

머릿속의 어떤 얼굴과도 달라보였다. 아니 너무도 평범해서 얼굴에서 눈을 떼는 순간 잊어버릴 얼굴이었다.

몽타주를 그리려고 해도 아무런 특징이 없어서 그릴 수

없을 것 같은 그런 얼굴. 그 순간 벤자민은 깨달을 수 있었다.

'인식장애!'

지금 바라보고 있는데도 얼굴조차 기억하지 못한다면 자신의 인식을 가로막고 있는 마법이 있다는 이야기였다.

보통 인식장애마법에는 두 가지 효과가 있었다. 하나는 사건의 당사자가 아닌 제3자에게 발생하는 효과였는데, 인식장애마법을 펼치면 사람이나 사물, 사건에 대한 관심 자체를 갖지 않도록 해서 옆에서 아무리 큰 일이 벌어지더라도 그것을 인식하지 못하도록 하는 효과였다.

그리고 다른 하나는 인식장애를 사용하는 사람과 직접 관계가 있을 경우에 발생하는 효과였다.

인식장애를 사용하는 직접적으로 엮이는 경우에는 그 사건 자체는 기억할 수 있었다. 대화를 하였다면 대화의 내용은 기억할 수 있었다.

다만, 대화를 나눈 사람이 너무도 평범한 보통사람으로 보여 돌아서면 그 사람을 떠올릴 수가 없게 되는 효과가 있었다.

사실 평범한 사람이라면 자신이 인식장애에 걸린 것조차 알 수 없었을 것인데, 벤자민은 평범한 사람이 아니었다. 6서클의 마법사였다.

그래서 얼마 지나지 않아 자신이 인식장애에 걸린 것을

알 수 있었고, 그 때문에 그는 더 놀랄 수밖에 없었다.

왜냐하면 이능력자에게는 기본적으로 이 인식장애에 대한 저항력이 있기 때문에, 무의식 중에 지나칠 수 있는 첫 번째 효과라면 몰라도 두 번째 효과는 잘 발생하지 않았기 때문이었다.

더군다나 6서클 마법사인 자신조차 이렇게 감쪽같이 속일 인식장애가 있을 것이라고는 생각하지 않았다.

그러다보니 떠오르는 이름이 있었다. 몇 년이 지나도록 풀지 못한 인식장애마법을 펼친 존재의 이름말이다.

"퍼니셔…."

벤자민의 말에 유리엘이 반색하며 말했다.

"호오. 그 때의 인식장애와 이 인식장애를 뚫고 알아 봤을리는 없고 마나 파문을 확인한 건가? 알아볼 수 있도록 약하게 재밍(jamming)하긴 했어도, 이렇게 빨리 알아차릴지는 몰랐는데? 별 볼일 없어 보이는 실력인데 안목은 꽤나 좋은가봐?"

이것은 유리엘의 과대평가였다. 벤자민은 재밍된 마나 파문을 확인해서 알아차린 것이 아니라 인식장애의 수준 자체가 너무 높았기 때문에 추측한 것이었다.

그리고 그 추측이 맞아 떨어졌던 것뿐이었다.

유리엘이 벤자민과 이야기를 나누는 동안, 강민은 다시 한 번 그의 성향을 살폈다. 하지만 여전히 벤자민에게는 이런 짓을 할 정도의 악한 기운은 보이지 않았다.

"벤자민, 묻고 싶은 것이 있다."

여전히 상황을 파악하지 못하고 어리둥절 하던 벤자민은 강민의 말에 그리로 고개를 돌렸다. 당연히 강민의 얼굴 역시 어디서나 볼 수 있는 평범한 보통 사람처럼 보였다.

갑작스러운 강민의 말에 벤자민은 당황해하며 말했다.

"무… 무얼 말이오?"

퍼니셔라면 마스터에 오른 헤이안의 쇼군과 A+급으로 이루어진 수뇌부들을 한순간에 도륙해버린 인물이다. 6서클 마법사에 불과한 자신이 상대할 수 있는 사람이 아니었기에 자신도 모르게 더듬거리는 말투가 나와버렸다.

그런 벤자민의 모습에 아랑곳 않고 강민이 그에게 물었다.

"지금 너는 이 상황을 알고 있었나?"

"무슨 상황 말이오?"

다짜고짜 상황을 아냐는 강민의 질문에 벤자민은 제대로 된 대답을 할 수가 없었다. 벤자민의 표정을 본 강민은 그를 잠시 바라보다가 가볍게 발을 굴렀다.

파사삭!

발을 굴렀는데 발 구르는 소리가 들리는 것이 아니라 마치 얇은 유리가 부서지는 듯한 소리가 약하게 발생하였다.

다음 순간 벤자민은 지금 강민이 무슨 이야기를 하는지 알 수 있었다. 센터의 지하에서 음습하고 어두운 마나의 기운이 거세게 느껴졌기 때문이었다. 강민이 치료센터 지하에 펼쳐져 있던 결계가 부서졌던 것이었다.

"이… 이게… 무슨…."

벤자민은 뜻밖의 기운에 당황해 하며 말을 잇지 못했다. 자신이 아는 치료센터에서는 이런 음습한 마나가 나올 수가 없었다.

"역시 모르고 있었군. 부총재씩이나 되어서도 이 일을 몰랐다는 것은 이를 꾸민 것이 총재라는 말인가?"

강민의 나직한 중얼거림 속에서 총재라는 부분이라는 말이 들리자, 벤자민은 번뜩 머리를 들었다.

"설마… 그럴 리가…."

벤자민은 무언가 아는 듯한 표정을 짓더니 고개를 저으며 애써 부인하는 모습을 보였다.

"뭔가 있긴 있나보군. 무슨 수작을 부리고 있는지는 너는 모르는 것 같으니 같이 현장을 확인해보지."

벤자민에게 말을 건넨 강민은 지금껏 옆에서 눈만 멀뚱거리며 뜨고 있는 한수강에게 말을 건넸다.

"어차피 너는 그녀를 데러 온 것이니까, 순간이동으로 보내줄테니 그녀와 먼저 집으로 가있어."

벤자민이 있으니 강민은 굳이 유키의 이름을 언급하지

는 않았다. 그런 강민의 말에 한수강이 번쩍 정신이 들었다.

"형님, 저도 무슨 일인지 알면 안 되겠습니까?"

그 때 연구자들의 대화로 판단해보면 아직 유키가 직접적인 실험을 받지는 않았던 것 같지만, 한수강은 어떤 실험이 진행되고 있는지 확인하고 싶었다.

한수강의 말에 강민은 고개를 끄덕였고, 이내 유리엘에게 눈짓을 주었다. 유리엘은 강민의 의도를 바로 알아채고 일행들을 모두 지하의 실험실로 공간이동 시켰다.

✛

강민 일행은 처음 치료 센터 앞으로 올 때와 마찬가지로 순식간에 실험실 안으로 들어왔다. 정확하게 말하면 실험실을 관리하는 통제실로 들어온 것이었다.

통제실은 가로세로 각각 30미터 정도 되는 좁지 않은 공간이었는데, 정면으로 보이는 공간에는 50여개의 스크린이 장착되어 있었다.

나머지 3면은 두꺼운 투명강화유리로 되어있어 밖의 모습이 한눈에 들어왔다. 통제실의 밖으로는 50여개의 유리 원통이 서 있었는데, 그 안에는 섬뜩한 느낌은 주는 옅은 붉은색의 액체가 가득 차 있었다.

현세귀환록 253

그리고 그 원통 안에는 코와 입에 호흡기를 착용한 사람들이 둥둥 떠 있었는데, 움찔거리는 몸으로 보아서는 아직은 살아있는 것 같았다.

원통의 하단에는 각각 가느다란 파이프가 연결되어 있었는데, 그 파이프는 통제실 앞에 설치되어 있는 커다란 원형의 은빛 금속으로 된 통으로 모여 들었다.

유리원통에서 통으로 모인 액체가 그 통 안에 있는 장치를 통해서 가공되는 것 같았다. 그렇게 판단되는 이유는 통의 아래쪽으로는 작은 컨베이어 벨트가 있었기 때문이었다.

그 컨베이어 벨트 위에는 통에서 만들어진 조그만 알약들이 아주 느린 속도로 옮겨지고 있었다. 지금도 하나의 알약이 은빛 통에서 나와 컨베이어 벨트 위로 떨어졌다.

통제실 안에는 흰색 가운을 입은 연구원으로 보이는 5명과 검은 정장을 입은 경호원 혹은 감시자로 보이는 5명, 총 10명의 사람들이 있었다. 그들 중, 흰색 가운을 입은 사람들은 당황한 표정으로 중앙에 설치되어 있는 콘솔을 조작하고 있었다.

강민 일행이 나타났음에도 연구원으로 보이는 흰 가운을 입은 사람들은 무언가 문제가 있는지 콘솔을 조작하는 것에 집중을 하느라 강민 일행이 나타난 것조차 모르고 있다.

하지만, 그들의 뒤에 서있던 검은 정장을 입은 경호원들은 갑자기 자신들의 뒤에 나타난 강민 일행의 기척을 느끼고 재빨리 돌아보았다.

그 중 우두머리로 보이는 30대 초반의 노란 머리 청년이 강민 일행에게 외쳤다.

"누구냐! 어떻게 이곳까지 들어온 것이냐?"

"허. 변종 뱀파이어라."

강민의 말에 5명의 경호원들은 흠칫 놀란 표정을 짓더니 이내 날카로운 살기를 뿜어내기 시작했다.

노란 머리 청년은 강민 일행 하나하나를 자세히 살펴보았지만 벤자민과 마찬가지로 아무도 알아볼 수 없었다.

일행 중 벤자민은 유니온의 부총재로 이능세계에서는 유명한 인물이라 충분히 알아볼 수 있을 것이지만, 벤자민조차 지금은 유리엘의 인식장애마법의 영향력 아래 들어와 있어 청년은 벤자민을 알아보지 못하였다.

하지만 청년의 수준이 낮아서 그런지 이것이 인식장애의 영향인 것까지는 알지 못했고 단지, 처음 보는 사람들이 난입했다고 판단하였다. 그래서 양손에 핏빛 손톱을 길게 빼내고 외쳤다.

"어떻게 이곳으로 순간이동해서 들어 온지는 모르겠지만, 살아서 나갈 생각은 하지 말아야 할 것이야!"

인식장애가 일행의 실력까지 가리고 있었기에 역량이

떨어지는 청년은 강민 일행의 역량조차 제대로 알아보지 못했다.

청년은 강민 일행이 어떤 식으로 이곳으로 들어 온 것까지는 알 수 없었지만, 이곳은 허가 받지 않은 사람들이 마음대로 드나들 수 있는 곳은 아니었다. 허가 없이 이곳에 온 이상 살려서 보내 줄 수는 없었다.

"해치워라!"

청년의 말에 뒤의 경호원 4명 중 2명은 청년처럼 손톱을 빼내고, 2명은 팔뚝 길이의 소검을 빼들었다.

청년은 B+등급 정도의 능력자, 다른 인원들은 C급에서 C+급 정도의 능력자였다. 그러나 변종 뱀파이어로서 태양빛이 들지 않는 이곳에서는 그 등급보다는 월등히 높은 힘을 낼 수 있었기에 실력이 잘 추정되지 않는 괴인들이지만 해볼만하다고 생각했다.

하지만 강민 일행은 그들이 상대할 역량의 사람들이 아니었다.

"형님, 제가 처리하겠습니다."

굳이 강민이 나설 것도 없었다. 강민에게 말하고 앞으로 나선 최강훈은 자신의 무기인 환도조차 뽑아들지 않고 몸을 날렸다.

퍽퍽퍽퍽~ 퍼억~! 쾅~!

딱 다섯 수였다. 최강훈이 5명을 처리하는 데까지는 5

초도 채 걸리지 않았다.

번개처럼 날아온 최강훈은 4명의 C급 뱀파이어들은 목덜미를 쳐서 기절을 시켰고, B+급의 노란머리 청년은 손날로 복부를 가격하여 날려 보냈다.

사실 최강훈은 모두 다 목덜미를 쳐서 기절시킬 계획이었는데, 그래도 우두머리인 노란머리 청년은 부하들이 당하는 것을 보고 간신히 몸을 틀어 최강훈의 손날을 피했었다.

하지만 최강훈의 손날은 부드러운 곡선을 그리며 노란머리의 복부로 날아갔고 노란 머리는 그것을 피하지 못했던 것이었다.

벽면의 강화유리에 부딪힌 노란 머리는 한손으로 배를 감싸며 일어서려 하였지만, 충격이 만만치 않았는지 제대로 일어나지 못하고 비틀거리다 주저앉고 말았다.

순식간에 일어난 일에 흰 가운을 입은 연구원들은 바짝 긴장한 표정으로 얼어붙어 있었다.

중앙의 콘솔에서는 연신 삐빅거리는 비프음과 함께 빨갛고 노란 램프들이 불을 반짝였지만, 연구원들은 방금 일어난 사태에 콘솔을 만질 생각조차 못하고 동상처럼 서 있었다.

조금 전 상황은 신경도 쓰지 않고, 통제실 밖으로 보이는 유리원통만을 가만히 살펴보던 유리엘이 말했다.

"이건, 뱀파이어의 진혈을 추출해서 정제하는 장비네요."

"진혈이라 하기도 힘든 수준이네, 저들을 보니 이제 뱀파이어가 되어가고 있는 변이 중인데 말이야."

"아무래도 부작용을 피하려고 그랬던 것 같죠?"

"그래, 아무리 정제했다 하더라도 뱀파이어의 진혈을 계속 흡수하면 원치 않아도 뱀파이어화가 진행되니 말이야. 그 정도는 알고 있었던 것 같네. 대신 더 큰 것을 놓치고 있지만 말이야."

뱀파이어를 사냥하는 뱀파이어 헌터들은 상처의 치료나 뱀파이어를 잡기 위해서 순간적으로 강한 힘이 필요한 경우 뱀파이어의 진혈을 종종 섭취하는 경우가 있었다.

이는 순간적으로는 뱀파이어의 힘을 내게 해주었지만, 이것이 누적되어 헌터가 견딜 수 있는 이상의 진혈이 체내로 흡수되면 자신이 그간 사냥한 뱀파이어로 변해 버린다는 큰 단점이 있었다.

그래서 진혈이 주는 강대한 힘에도 불구하고 진혈을 섭취하는 것은 극히 자제해서 특별한 경우에만 행하여졌다.

만일 이런 부작용을 해결할 수 있다면 그것은 엄청난 혁신이 될 것이었다. 지금 강민과 유리엘의 말은 유니온에서 이런 부작용을 해결했다는 것 같았다.

유니온이 부작용을 해결한 방법은 뱀파이어에게서 진혈

을 채취하는 것이 아니라 뱀파이어로 변이 중인 사람에게서 진혈을 채취하는 것이었다.

지금 유리원통에 들어있는 사람들은 온전한 뱀파이어는 아니었다. 뱀파이어의 진혈이 대법을 통해서 주입되어, 인간에서 뱀파이어로 변이가 진행 중인 사람들이었다.

아마 유니온은 그들에게서 혈액을 채취하여 추출하면 뱀파이어로 변이가 되는 부작용을 피할 수 있다는 것을 알고 이런 시설을 만들었던 것 같았다.

진혈을 그대로 받아들이는 것보다는 성능이 낮지만, 뱀파이어화가 된다는 부작용을 피할 수 있다면 충분히 이점을 가지는 방법이었다.

성능 역시 수십 명에게서 추출한 진혈을 극도로 정제해서 사용한다면 오히려 그대로 받아들이는 것보다 더 높은 성능을 보일 수도 있었다.

하지만 이 방법에는 크나큰 문제점이 있었다. 강민의 더 큰 것을 놓쳤다는 말에 유리엘 역시 고개를 끄덕이며 말했다.

"마나 문명이 떨어지다 보니 영혼에 대한 이해도 역시 낮군요. 이렇게 영혼의 통곡이 나올 정도로 고통을 주어서 뽑아낸다면, 정제된 진혈을 흡수한 쪽에서 영혼의 변질까지 발생할 가능성이 있겠는데요?"

유리엘이 말한대로 영혼의 통곡이 그대로 담긴 진혈은,

그것도 수십명의 영혼의 고통이 담긴 진혈을 정제한 저 알약을 복용한다면 웬만큼 영혼이 단련된 사람이 아니고서야 상당한 영혼의 변질이 올 것이었다.

만약 지속적으로 복용한다면 파괴적인 욕구가 가득찬 광인이 되어버릴 수도 있었다.

즉, 이 방식대로라면 뱀파이어화가 되는 부작용보다도 훨씬 심각하고 치명적인 부작용을 안고 있는 것이었다.

지금 유리원통에 있는 사람들이 움찔거리고 있는 것은, 마법적인 자극을 통해 체내의 혈액과 진혈을 빼내는 것에 대한 무의식적인 고통 때문이었다.

유니온에서는 의식이 없는 혼수상태라면 통각이 느끼지 못해 관계없을 것이라 생각하겠만, 그것은 영혼에 대한 이해가 없기 때문에 하는 생각이었다.

식물인간의 혼수상태이지만 그들에게는 아직 영혼이 있었다. 그리고 뱀파이어로 변이 중인 이들의 생명의 원천이라고 할 수 있는 진혈을 뽑아내는 것은 그 영혼에 엄청난 고통을 수반하는 것이었다.

그 고통은 살을 저며내고 뼈를 끊어내는 고통과는 비교도 할 수 없을 만큼의 처절하고 극악한 고통이었다.

제물이 된 사람들이 바라는 것은 오직 죽음뿐일 것이다. 죽음만이 이 지옥과도 같은 고통에서 그들을 해방시켜 줄 수 있는 마지막 희망이었다.

지금도 강민과 유리엘에게는 피실험자들이 내뱉는 영혼의 울부짖음이 너무도 잘 들리고 있었다.

당연하게도 이런 상태로는 오래 살 수가 없었다. 생명 유지 장치는 정상적으로 작동하고 있었지만 생명의 원천이라는 진혈이 소진되고 있었기 때문에 짧으면 6개월 길어야 1년 정도면 숨을 거두고 말았다.

지상에 있는 센터에서 관리하고 있는 환자들은 이들이 죽고 나면 교체되는 여분의 재고와도 같았다.

한수강이 들은 말에 따르면 다음번이 유키가 들어갈 차례였다. 만일 강민이 개입하지 않았다면 유키가 이런 취급을 받았을 것이라 생각하니 한수강은 등골이 서늘해졌다.

강민과 유리엘이 이야기를 나누는 동안, 통제실 가운데 콘솔에 붙어있는 각종 계기판들이 점점 더 요동을 쳤고, 램프의 불빛 또한 더욱 강렬해졌다. 무언가 사단이 난 것임에 틀림없었다.

아까 지상에서 강민이 발을 굴렀을 때, 그는 단지 결계만을 파훼한 것은 아니었다. 지하에서 벌어지고 있는 어두운 기운의 마법까지 함께 날려버린 것이었다.

그랬기에 지금까지 마법적인 평형을 유지하고 있던 각종 기구들이 오작동을 나타내고 있었다.

그런 불빛들을 보던 유리엘이 강민에게 말을 건넸다.

"이미 저들은 틀린 것 같네요."

유리엘이 틀렸다는 것은 육체의 이야기가 아니었다. 육체의 손상은 얼마든지 복원하고 치료해줄 수 있었다. 하지만 그들은 영혼이 파괴되어 있었다.

"그래, 이미 영혼이 반쯤 파괴되어서 육체를 구해준다고 해도 인간도 뱀파이어도 아닌 몬스터에 가까운 존재가 되고 말겠지."

"영혼에 대한 이해도 없는 자가 이런 일까지 벌이다니. 이 일을 벌인 자는 저승으로 간다면 죽음보다 더 힘든 시간을 보내겠군요."

"자업자득이겠지. 일단 저들은 보내 주어야겠군."

"그래요. 너무 힘들어하네요. 어서 보내줘요."

강민의 몸에서 순간적으로 강렬한 빛이 나타났다 사라졌다. 찰나에 가까운 시간이라 다른 곳을 보고 있는 사람이라면 그의 몸에서 빛이 났는지도 모를 정도로 짧은 시간이었다.

빛이 발했다가 사라졌지만 주변에는 아무런 변화가 없었다. 옆에 있는 벤자민조차 무슨 일이 벌어졌는지 눈치채지 못했다.

다만, 마스터의 경지에 있는 최강훈은 50여 개의 유리 원통에서 느껴지던 생명 반응이 사라졌다는 것을 알아차릴 수 있었다.

그러나 거기까지였다. 그 이상 최강훈이 볼 수 있는 것은 없었다.

그 원통 속에서 고통받던 영혼이 하늘로 승천하는 모습은 강민과 유리엘만이 볼 수 있었다.

아마 누군가가 원통 속의 시체를 보았으면 지금까지 고통스러운 표정만 하고 있던 사람들이 이제껏 짓지 못하던 편안한 표정을 하고 있음을 알 수 있었을 것이었다.

7장. 징벌

NEO MODERN FANTASY STORY & ADVENTURE

현세귀환록

7장. 징벌

영혼들을 승천 시킨 강민은 벤자민을 돌아보고 말을 건 냈다.

"이제 정리해보자. 벤자민, 너도 알아볼 수 있겠지? 여 기서 무슨 일이 벌어지고 있는지 말이다."

강민의 말에 벤자민은 대답을 할 수가 없었다. 아니 이 곳에 와서부터 지금까지 벤자민은 아무 말도 하지 못했다.

자신이 유니온의 부총재이지만 이런 실험실과 실험장비 는 처음 보는 것이었다. 그렇다고 이 장소가 의미하는 바 를 모르는 것은 아니었다.

애초에 마나 공학에 관심이 있었기 때문에 실험실의 장 비와 콘솔의 화면에 떠오른 정보 등을 보다 보니 구체적인 원리까지는 아직 모르겠지만, 이곳이 무슨 용도로 무슨 목적으로 만들어 진 곳인지 알 수 있었다.

특히 컨베이어 벨트 위에 있는 작은 알약들을 보니 지금까지 궁금했던 비약의 출처를 알 수 있었다.

총재인 앤더슨에게 어디서 비약을 가져오는지 몇 차례 물어보았지만 가문의 비밀이라는 식으로 말했기에 구체적으로 물어볼 수 없었던 그 비약의 출처가 이곳이었다.

으드득…

벤자민의 입이 굳세게 다물어지며 이가 갈리는 소리가 났다.

"우리… 우리 요원들을 이렇게 희생시키다니… 앤더슨…."

벤자민이 상황을 파악한 듯하자 강민은 말을 이었다.

"그래, 이제 너는 어떻게 할 생각이냐. 네가 앤더슨을 상대할 수 있겠느냐?"

앤더슨을 상대한다는 말에 벤자민의 머리는 차갑게 식었다. 유니온의 유일한 마스터인 앤더슨을 상대할 자신은 없었기 때문이었다. 하지만 방법이 없는 것은 아니었다.

"제가 상대할 수는 없겠지요. S급의 강자인 앤더슨을 처리하기에는 제 역량이 떨어집니다. 위원회에 보고해서 처리할 생각입니다."

위원회의 위원 중에서는 앤더슨도 두려워하는 괴물들이 있었다. 그 괴물들이 나선다면 마스터인 앤더슨도 어렵지 않게 처리할 수 있을 것이었다.

하지만 벤자민의 말에 강민이 의문을 표시했다.

"그렇게 된다면 유니온에서 바라던 위원회로부터의 독립은 이제 완전히 포기하는 건가?"

지금도 인식장애 상태였기에 벤자민은 강민의 진면목을 알아볼 수가 없었다. 그래서 유니온이 위원회로부터 독립하고자 한다는 사실을 퍼니셔가 어떻게 알고 있는지 의문이 생겼다.

하지만 어차피 상황이 이렇게 되었으니 체념한 듯 털어놓았다.

"유니온이 독립하는 것도 중요하지만, 이능력자들을 위한다는 유니온의 기본 가치조차 지키지 못하는 총재를 두고 위원회에서 독립해봐야 의미가 없을 것 같습니다."

강민이 고개를 끄덕이자 벤자민은 말을 이었다.

"그리고 마스터 하나 없이 유니온을 이끌어 갈 수도 없는 노릇이니 말입니다. 아마 앤더슨을 처리하고 나면 위원회에서 마스터 급의 강자를 새로운 총재로 내려 보내겠지요. 그렇게 된다면… 이제 유니온의 독립은 거의 불가능해지기는 하겠군요…."

몇십 년간 유니온의 독립을 위해서 힘썼던 벤자민은 더 이상 독립을 추진할 수 없다는 생각이 들자 큰 허탈감이 느껴졌다.

앤더슨은 최초 유니온이 성립될 때 위원회와 담판을 지어서 총재가 된 인물이었다. 그래서 위원회에 끌려 다니지는 않았고 적당한 거래와 대립으로 독립을 추진할 수 있었다.

그러나 앤더슨을 처리하고 위원회에서 별도로 선발한 사람이 총재로 내려온다면 더 이상 유니온의 독립성을 지키기는 힘들 것이 자명하였다.

그렇다고 마스터 하나 없이 유니온을 운영할 수도 없었다. 위원회와의 대립은 둘째치고 A급 요원들도 상대하기 힘든 S급 마물이 출현할 경우에는 마스터의 힘이 필요하였기 때문이었다.

실제로 항마무구의 재료가 되었던 S급 마물도 앤더슨이 나서서 잡지 않았던가. 물론 지금은 그 때 만든 항마무구가 있어서 마스터를 상대할 수도 있지만, 항마력이 듣지 않는 S급 마물이 출현하지 않는다는 보장은 없었다.

만일을 대비하기 위해서라도 마스터는 꼭 필요하였다.

또한 유니온의 위상 문제였다. 위원회야 아는 사람들만 알고 있는 집단이지만, 유니온은 표면적으로 이능계를 장악하고 있는 단체였다.

그런 대표적인 단체에서 마스터 하나 없다는 것은 그 위상이 상당히 떨어지는 일이었다. 그리고 이렇게 위상이 낮다면 다른 이능력자들을 통제하는 일도 쉽지가 않을 것이었다.

이런 이유들로 인하여 마스터는 필요하였고 현재 유니온에는 그런 마스터가 없는 상황이었다. 결국은 위원회의 힘을 빌릴 수밖에 없었다.

벤자민의 말에 강민은 충분히 상황을 파악할 수 있었다. 지금 상황이라면 유니온은 완전히 위원회의 하수인이 되고 말 것이었다.

유니온은 향후 차원 교차가 발생하였을 때 이능력자들과 일반인들 간의 가교가 될 수 있는 의미 있는 존재였다.

실제로 지금도 유니온의 국가별 각 지부는 그 국가의 정부와 밀접한 관계를 맺으며 마물들을 처리하고 있었다.

안 그래도 최근 웜홀이 빈번하게 발생하는 상황에서 유니온이 힘을 잃게 된다면 일반세계의 혼란은 가속화 될 가능성이 높았다.

물론 위원회에서 유니온을 없애려 하지는 않겠지만, 위원회의 위원들은 자신들의 소속이 있는 상황이기 때문에 세상의 안정보다는 각 집단의 이익을 위해서 움직일 가능성이 높았다.

차원 교차의 날까지 유니온이 지금처럼 유지되는 것이 나중의 혼란을 그나마 줄일 수 있는 방법이 될 수 있을 것이었다.

생각을 정리한 강민이 벤자민에게 말했다.

"만약 내가 앤더슨을 처리해 준다면 어떡하겠나?"

"아…."

벤자민의 판단에 퍼니셔라면 충분히 앤더슨과 상대가 가능하였다. 마스터급에 오른 지 오래된 쇼군과 A+급 수뇌부들을 한번에 처리한 퍼니셔라면 앤더슨도 어렵지 않으리라.

잠시 생각을 하던 벤자민이 강민에게 물었다.

"그럼 앤더슨을 처리하고 퍼니셔님이 총재가 되실 생각입니까?"

"아니, 그런 귀찮은 자리까지 맡을 수는 없지."

강민의 말에 실망한 표정으로 벤자민은 말을 이었다.

"그렇게 된다면 결국 위원회에서 내려 보내는 마스터급 인물을 새로 총재로 들여야 하겠지요. 그럼 결국은 마찬가지일 것입니다."

"나를 대신할 수 있는 마스터를 한 명 보내주지."

강민의 말이 끝나자 유리엘의 심어가 들려왔다.

[강훈이를 보낼 생각이에요?]

[그래, 일단 유니온 내부에서 마스터가 나올 때까지 보

내두는 거지.]

최강훈에게 동의는 얻지 않았지만 강민의 말을 거역할 최강훈이 아니었다.

[음… 그래도 총재라는 자리는 위원회와의 정치싸움을 해야 할텐데 강훈이가 할 수 있을까요? 그리고 위원회에는 강훈이가 상대하기 힘든 능력자들도 있을텐데 말이에요.]

[일단은 퍼니셔의 이름으로 경고를 해 줄 생각이야. 어차피 길어야 5년이야. 5년 정도면 차원교차가 시작 될거고, 차원장은 조금 더 걸리더라도 최소 마나장 정도는 통합되겠지. 그렇게 된다면 그런 이전투구를 할 시간 따위는 없을 거야.]

[하긴 그렇겠네요. 살아남기에도 바쁜 시간들이 될 테니 말이에요.]

강민과 유리엘이 심어를 나누는 동안 벤자민의 머릿속도 빠르게 돌아가고 있었다. 마스터를 내준다라. 그의 수하가 있다는 이야기 같은데, 지금까지 본 퍼니셔의 성향상 유니온의 운영에 직접 개입할 가능성은 낮았다.

결국 앤더슨을 처리하고 대신 할 마스터까지 생긴다면, 유니온은 지금과도 같은 시스템으로 운영될 수 있었다. 남은 문제는 하나 밖에 없었다. 총재 교체에 따른 위원회의 승인이었다.

유니온의 창설 이래 지금까지 총재를 맡고 있는 앤더슨이었기에 아직 총재가 바뀐 전례는 없었다. 그래서 어떤 방식으로 총재를 바꿀 것인지에 관한 규정이 준비되어 있지는 않았다.

다만 위원회의 의결을 통해서 창설된 유니온의 태생상 총재가 변경 된다면 어떤 식으로든 위원회의 승인이 필요한 것은 당연한 일이었다. 그것이 사전승인이 되든 사후승인이 되든 말이다.

'일단 비약과 실험장비들을 증거로 제출하면 앤더슨의 실각은 당연한 일일 것인데… 앤더슨을 퍼니셔가 처리하고 그의 부하를 총재로 앉히는 것에 위원회의 승인을 받는 것이 문제가 될 수 있겠군….'

강민은 벤자민이 열심히 머리를 굴리는 것을 바라 보고 있었다. 그런 강민의 눈길을 아는지 모르는지 벤자민의 생각은 끝나지 않았다.

'퍼니셔의 부하라… 괜찮을까? 그래도 확실히 위원회에서 내려오는 총재보다는 간섭이 덜 하겠지… 위원회는 어떻게든 유니온을 뜯어먹을 생각만 하니….'

벤자민의 생각이 길어지는 것 같자, 강민이 주의를 환기시켰다.

"일단 총재부터 처리하지. 어차피 이대로 놔둘 수는 없는 노릇이니 말이야."

총재를 처리한다는 말에 벤자민이 물었다.

"여기는 어떻게 할 생각입니까?"

"당연히 폐쇄해야겠지."

"그럼 저들은…."

4명의 C급 변종 뱀파이어는 아직도 기절한 상태였지만, 흰 가운의 연구원들과 B+급의 노란머리 변종 뱀파이어는 정신을 차리고 있는 상태였다.

자신들의 처분이 결정되는 상황이다 보니 강민의 말에 귀를 기울이고 있었다.

강민은 잠시 그들을 둘러보다가 말했다.

"이 정도 일을 벌였다면 이런 상황이 올 경우도 각오를 했다는 것 아닌가?"

강민의 말을 들은 연구원들은 얼굴이 사색이 되어 갔다. 그리고 분위기를 눈치 챘는지 노란머리 뱀파이어는 비상구를 향해 몸을 날렸다.

그렇지만 이미 결정을 내린 강민의 손을 벗어날 수 있는 자는 아무도 없었다.

"영혼의 고통이 무엇인지 느끼면서 사라져라."

말과 함께 강민은 오른 손을 내저었고, 뱀파이어들과 연구원들 모두 손발 끝부터 서서히 가루가 되기 시작했다. 손발이 사라져도 피 한 방울 나오지 않았다.

"크아아아아~~악!"

산채로 살을 뜯어낸다고 해도 이정도의 고통은 아닐 것이었다. 톱으로 뼈를 썰어가도 이정도의 고통은 아닐 것이었다.

너무도 극심한 고통에 아무것도 생각하지 못했고, 할수도 없었다. 그렇게 그들은 서서히 가루가 되어갔다.

그들의 비명 소리는 머리가 가루로 변해 입이 사라질 때까지 계속 되었다. 신체의 고통을 넘어서 영혼에 직접 고통을 주는 것이기에 머리가 사라져서 뇌가 없어져도 그 고통은 끝나지 않았다.

비명소리 조차 없이 마지막으로 덩그러니 남은 몸통이 움찔거리며 마침내 전부 다 가루가 되어서 사라져 버렸다.

모두가 가루로 변해버리자 어디서 불어왔는지 한줄기 바람에 그 가루마저 흐트러지며 허공으로 사라져 버렸다. 세상에 그들이 존재했다는 증거는 어디에도 남지 않았다.

너무도 비현실적인 죽음이었다. 차라리 얼음덩어리로 만들어 얼려 죽이거나, 숯덩이로 만들어 불태워버렸다면 이해할 수 있었을 것이었다.

사람이 피 한 방울 나지 않은 채 가루가 되어서 사라졌다는 것은 이해할 수도 받아들일 수도 없는 죽음이었다.

그래서 그런지 눈앞에서 그들이 사라졌음에도 한수강은 강민에게 물었다.

"그… 그들은 어떻게 된 것인가요?"

"죽었지. 영혼마저 말살해버리려다가 옛날에 한 약속이 생각나서 영혼의 코어만은 살려뒀지. 다만 이들은 앞으로 인간으로 전생하기는 힘들 것이야."

한수강은 영혼을 운운하는 강민의 말까지는 이해하지 못했지만 어쨌든 그들이 죽었다는 것을 알아듣고 고개를 끄덕였다.

천성이 마법사인 벤자민은 조금 전의 현상을 분석하려 하였지만, 그가 파악할 수 있는 한계를 훌쩍 뛰어넘었기에 그가 알 수 있는 것은 아무것도 없었다. 최강훈조차 어떤 원리로 그렇게 되었는지 전혀 알 수 없었는데, 벤자민이 알아볼 수 있을 리가 없었다.

유리엘만이 그들이 지르는 영혼의 단말마를 들을 수가 있었다.

"이제 유니온 본부로 가자."

✣

유니온의 본부는 미국 볼티모어에 위치하고 있었다. 유니온의 본부 건물은 도심에 위치한 50층 규모의 빌딩이었는데 유니온 그룹 본사와 같은 건물을 사용하고 있었다.

지금 그 건물을 내려다보는 허공에는 네 명의 인영이 자리하고 있었다. 강민 일행이었다.

굳이 한수강까지 이곳으로 데려올 필요는 없었기에, 한수강은 공간이동을 통하여 유키와 함께 한국으로 보냈다.

따라서 강민과 유리엘을 제외한 나머지 두 명은 벤자민과 최강훈이었다.

"유리, 그 실험 장비들은 왜 챙긴 거야? 그렇게 수준이 높은 것도 아니었잖아."

유리엘은 조금 전에 있던 실험실에서 실험 장비를 소멸시키려는 강민을 말리고 자신의 아공간에 그 실험 장비를 모두 집어넣었었다.

"아. 수준은 높지 않지만 신선한 아이디어가 몇 가지 있어서 한번 확인해 보려구요. 그건 그렇고 저기 꼭대기 층에 총재가 있는 것 같네요."

"그래, 근데 꽤나 불안정한 마나 흐름인데?"

"그러게 말이에요. 아무리 각성형이라고 하지만, 마스터급이 이런 마나 흐름이라면… 음? 알아차렸나 보네요."

유리엘의 말이 끝나자마자 일행 앞으로 마나 유동이 발생하더니 50대 중년인이 나타났다. 앤더슨 총재였다. 순간이동을 사용해서 일행 앞에 나타난 것이었다.

앤더슨이 사용한 방식은 마법이 아니라 초능력에 가까운 이능의 발현이었다.

"웬 분들이시오? 정문으로 들어온 것이 아니라 허공에 나타나신 것을 보니 좋은 일로 오신 것은 아닌 것 같은데 말이오."

앤더슨은 갑작스러운 마나 유동 때문에 이곳에 나타났지만, 유리엘의 인식장애에 막혀 벤자민을 알아보지 못하고 있었다.

앤더슨이 등장하자마자 일본의 일을 따지려고 했던 벤자민은, 그가 자신을 알아보지 못하자 약간 어리둥절하다가 이내 그것이 인식장애마법 때문임을 알아차렸다.

하지만 앤더슨은 마스터에 오른 인물이었다. 마스터급에 올랐다는 것은 그만큼 마나 이해도나 마나 민감도가 높다는 의미였다.

그렇기에 약간은 노이즈가 있지만 오랫동안 함께하여 익숙한 마나 파문을 느낄 수 있었다.

"음… 이 파문은… 응? 벤자민?"

앤더슨은 몇 십년을 같이 지낸 벤자민의 마나 파문을 알아차렸던 것이었다.

유리엘이 완전히 마나파문을 변조하거나 숨겼다면 모르겠지만, 파문을 약간 흐리기만 한 상태라 앤더슨은 어렵지 않게 벤자민임을 알아차렸다.

"근데 얼굴이… 아… 인식장애마법! 벤자민, 대체 무슨 일이오! 왜 당신이 이 괴인들과 함께 이 자리에 있는 것이오? 그것도 인식장애 마법까지 쓰고 말이오!"

말을 하면서도 앤더슨은 이상하다고 생각했다. 자신이 알아차렸다면 더 이상 인식장애는 작용하지 않을 것인데, 여전히 벤자민의 얼굴을 알아보기가 힘들었다.

앤더슨이 자신을 알아보자 벤자민은 원래 하려던 말을 하기 위해 앞으로 나서며 외쳤다.

"앤더슨! 치료 센터의 지하에서 대체 무슨 짓을 한 것이오! 정녕 비약을 만든다고 우리 요원들을 희생시키고 있었소!"

앤더슨은 벤자민의 말에 약간 놀라는 표정을 짓다가 표정을 굳히고 대꾸하였다.

"어떻게 그 곳을 발견했는지는 모르겠지만, 그렇소. 우리 유니온이 위원회의 손아귀에서 벗어나기 위해 어쩔 수 없는 조치였소. 그 요원들의 희생을 통해서 우리 유니온이 우뚝 설 수 있게 될 것이오! 대를 위해 소를 희생할 수밖에 없다는 것은 당신도 잘 알잖소!"

벤자민은 대를 위한 소라는 말에 발끈하며 맞받아쳤다.

"또 그 대를 위한 희생 운운하는 것이오? 그 크고 작음은 누가 결정하는 것이오!"

"어차피 그들은 재기하기 힘든 요원들 아니오. 재활 비용을 들이며 비용을 투입하는 것 보다 그들을 활용해서 유니온의 전력을 강화시킬 수 있다면 당연히 그렇게 해야 안 되겠소?"

"이렇게 당신 멋대로 정해놓고 요원들을 희생시킨다면, 앞으로 누가 우리 유니온을 위해서 목숨 바쳐 일하겠소!"

"당신만 입을 다물면 모르겠지. 벤자민, 지금도 늦지 않았소. 저 괴인들이 누군지는 모르겠지만. 저 치들이 당신을 현혹시켰나 보군요. 나와 함께 저들을 처리합시다."

"허….."

벤자민은 앤더슨의 뻔뻔함에 할 말을 잃었다.

앤더슨은 벤자민과 한참을 대화를 나누었지만 지금도 그의 얼굴을 알아보지 못하자, 무언가 떠오르는 생각이 있었다.

마스터에 오른 자신을 이렇게까지 속일 수 있는 인식장애가 있나 라는 의문 끝에 떠오른 생각이었다.

"이 정도 인식장애라면… 퍼니셔?"

앤더슨 역시 알아차리자 유리엘이 피식 웃으며 말했다.

"이거 다운그레이드를 하던지 해야겠네요. 이곳의 수준이 하도 낮아서 자기네들이 알아보지 못하니 죄다 우리를 떠올리잖아요. 호호."

퍼니셔임을 인정하는 유리엘의 말에 앤더슨은 흠칫 놀라더니 표정을 굳히고 그녀에게 말을 건넸다.

"무슨 이유로 이렇게 오신지는 모르겠습니다만, 집무실에서 이야기를 나눠보심이 어떻습니까? 분명 만족하실만한 이야기가 될 것이라 생각합니다."

앤더슨은 전부터 퍼니셔를 영입하려 하였기에, 좋은 상황에서 만난 것은 아니지만 웃으면서 말을 건넸다.

대화를 통해서 상황만 잘 풀리면 큰 전력을 획득할 수 있기 때문에 애써 좋은 분위기를 만들려하였다.

하지만 앤더슨의 말에 대한 대답은 유리엘이 아니라 앞에 있던 벤자민에게서 나왔다.

"만족? 아직도 분위기 파악이 안 되나 보군. 지금 우리가 이 곳에 온 이유는 당신을 축출하기 위해서야. 대화 같은 걸 나눌 상황이 아니라고!"

앤더슨은 벤자민의 말을 무시하고 유리엘에게 다시 말했다.

"그 곳에서 무얼 보셨는지는 알겠지만, 그들에게는 희망이 없었습니다. 유니온이라는 큰 단체를 이끌기 위해서는 가끔은 필요 불가결한 희생이 필요하지요."

"그래요, 가끔은 필요불가결한 희생이 필요하지요."

유리엘이 자신의 말에 동조하자 앤더슨은 얼굴에 화색을 띠며 그녀의 말을 반겼다.

"맞습니다! 역시 마스터급의 강자라서 그런지 생각의 폭이 넓으시군요. 어떻습니까? 내려가서 좀 더 자세한 이야기를 나눠보시는 것이?"

벤자민은 갑작스러운 유리엘의 말에 당황하였는데, 그녀의 이어지는 말을 듣고서는 역시 그렇지라는 표정으로 바뀌었다.

"다만, 이번에 필요불가결한 희생은 총재 당신이니 그것 역시 받아들여주면 좋겠군요. 일본에서 그들이 그랬듯이 말이에요."

유리엘의 말에 앤더슨은 표정을 굳혔다. 저런 말을 한다는 것은 협상은 결렬되었다고 봐야했다.

잠시 주위를 살펴 일행들을 확인한 앤더슨은 자리를 피하려고 하였다. 인식장애에 가려서 확실한 실력은 파악할 수 없었으나 과거 헤이안에서 나타난 퍼니셔의 무력을 생각해보면 단신으로 맞서기는 두려운 것이 사실이었다.

본부로 돌아가 S팀을 불러야 할 것 같았다. 그들과 함께라면 퍼니셔도 충분히 잡을 수 있다는 생각이 들었다.

"음?"

앤더슨은 생각과 동시에 본부 집무실로의 순간이동을 시도하였으나 자신의 몸은 여전히 그 자리에 있었다. 두세 번 더 시도하였지만 소용이 없었다.

당황해하는 앤더슨의 모습을 본 유리엘이 말했다.

"아. 공간이동은 안 되니 헛수고 하지 마세요. 반경 1킬로미터 안의 공간 좌표를 동결했으니 말이에요."

유리엘의 말에 앤더슨은 놀라운 표정을 지으며 말했다.

"허. 공간 좌표 동결이라… 벤자민, 용의주도한데? 언제 그런 준비까지 했지? 설치는 커녕 발동하는 것도 내가 알아차리지 못했다니 말이야."

앤더슨은 당연히 사전 준비를 통해서 자신을 잡기 위한 함정을 팠다고 생각했다. 비슷한 경험이 있는 벤자민은 그것이 아님을 알았지만 굳이 그의 말을 정정하지는 않았다.

오히려 이런 상황에서도 당당한 앤더슨이 의아했다. 앤더슨 또한 퍼니셔의 무력을 알고 있기에 그가 혼자서 상대하기는 무리라는 것 역시 알고 있을 것이기 때문이었다.

"이런 수작으로 나를 잡겠다고 생각했나, 벤자민? 어떻게 퍼니셔와 끈이 닿아서 이곳까지 데려왔는지는 모르겠지만 날 너무 호락호락하게 본 것 같군!"

벤자민은 여전히 앤더슨이 가진 자신감의 원천을 찾지 못하였지만, 강민과 유리엘은 대강 짐작이 갔다. 그리고 지금 그 자신감의 원천 중 하나가 드러났다. 앤더슨이 품에서 장갑을 꺼내더니 착용했던 것이었다.

갑자기 느껴지는 마나의 반발력에 벤자민은 놀라서 소리쳤다.

"이건! 항마무구! 어… 어떻게?"

거의 매일 같이 앤더슨을 보았던 벤자민이었지만, 앤더

슨이 항마무구를 착용하고 있는지는 몰랐었다.

항마무구의 제작과 분배 등은 모두 자신이 담당한 부분이었기에, 벤자민은 누가 그 무구를 가지고 있는지 전부 파악하고 있었다. 그리고 그 인원에 앤더슨은 없었다.

"내가 잡은 마물을 내가 쓰는 것이 뭐가 그리 놀랄 일인가, 벤자민?"

확실히 지금 앤더슨이 발동한 항마무구는 자신이 제작한 것은 아니었다. 벤자민이 만든 항마무구와는 달리 앤더슨이 착용한 것은 검은 장갑 형태의 무구였는데 장갑의 손등 부분에 호두알만한 크기의 붉은 돌이 인상적이었다.

벤자민은 몰랐지만 당시 잡은 마물의 머리에 박혀있던 항마의 핵이 이 붉은 돌이었다. 이를 앤더슨이 별도로 챙겨놓은 것이었다.

앤더슨이 내뿜고 있는 항마력은 S1팀 모두가 전력으로 내뿜는 항마력을 능가하는 정도의 위력이었다.

그 위력에 벤자민은 자신도 모르게 허공에서 한걸음 정도 뒤로 물러났다.

"어떠냐, 퍼니셔? 이제는 대화해 볼만한 상태가 되었는가? 지금이라도 대화를 한다면 흔쾌히 환영하지, 다만 그대들에 대한 대접은 처음보다는 못하겠지. 그래도 살아남는 것이 중요한 것 아닌가? 하하하."

앤더슨은 자신감에 찬 목소리로 말했다. 그런 어처구니 없는 앤더슨의 말에 강민이 앞으로 나서려고 하였다. 하지만 유리엘의 목소리가 강민을 잡았다.

"민, 이번엔 내가 할게요. 저 코어에 담긴 항마력이 어느 정도인지 궁금하네요."

유리엘의 말에 강민은 고개를 끄덕이며 뒤로 물러났다.

자신감에 찬 앤더슨은 그런 둘의 모습을 보며 비웃듯이 말했다.

"누가 먼저 나서고 말고 할 상황이 아닐텐데. 하하. 둘 다 한 번에 덤비지 않으면 안 될걸?"

하룻강아지 범 무서운 줄 모르는 상황이 딱 지금 앤더슨의 모습이었다. 인식장애 마법 때문인지 앤더슨은 그녀의 역량조차 제대로 재지 못하고 있었다.

앤더슨이 짐작하는 것처럼 유리엘은 마법을 주로 사용하는 마법사였다. 하지만 무투능력만 하더라도 이미 그랜드 마스터의 경지조차 훌쩍 뛰어 넘은지 오래였다.

지금 앤더슨을 처리하기 위해 나선 것은 순전히 그녀의 호기심 때문이었다.

유리엘은 우선 기초적인 마법으로 앤더슨에 대한 공격을 시도해갔다. 일종의 테스트였다.

유리엘은 웃고 있는 앤더슨을 향해 손을 내저었고, 그

손짓에 수백 개의 조그만 마법화살들이 앤더슨을 향해 날아갔다.

"매직미사일? 개수만 많다고 계란으로 바위를 깰 수 있는 것은 아니지."

유리엘의 마법을 본 앤더슨은 코웃음을 쳤다. 물론 아무리 저서클의 마법이라도 한 번에 수백 개의 매직미사일을 펼치는 것은 대단한 것이지만, 그래봤자 저 서클의 마법이었다.

아니나 다를까 매직미사일들은 앤더슨의 항마력에 막혀 그의 1미터 전방에서 사그라들어 버렸다.

하지만 유리엘의 표정은 전혀 변화가 없었고, 다시 손을 저어 이번에는 수천개의 마법화살을 만들어냈다.

아까의 10배 가까이 되는 물량에 앤더슨은 잠시 움찔 하였지만 여전히 여유가 있는 모습이었다. 매직미사일 정도로는 자신의 항마력을 통과해서 타격을 줄 수 없다고 생각했기 때문이었다.

곧 유리엘의 마법화살들이 앤더슨에게 날아들었다. 이번에도 역시 그의 항마력에 막혔지만, 아까와는 달리 마법화살들은 그의 전방 50센티미터 정도까지는 다가갔다.

항마력이 물량에 어느 정도 먹혔기 때문이었다. 그러나 항마력을 이기고 앤더슨에게 타격을 주지는 못했다.

"훗, 매직미사일 정도로는 안된다… 니까…."

자신감있게 외치려던 앤더슨은 제대로 말을 끝맺지 못했다. 왜냐하면 하늘에는 아까의 열배 정도 되는 몇 만 개의 매직미사일들이 **빽빽**하게 떠올라와 있었기 때문이었다.

반투명한 성질의 매직미사일이 아니었다면 하늘이 어둡게 보일 정도로 많은 숫자였다.

이 매직미사일에 사용된 마나의 양만 쳐도 7서클 마법을 훌쩍 넘을 정도였다. 하지만 유리엘은 이런 마법을 만드는데 일체의 영창이나 수인, 심지어는 시동어 조차 없었다.

단지 손짓 한번이었다. 수인이라 하기에는 민망한 몸짓이었다.

마법화살의 물량공세에 잠시 움찔한 앤더슨이었지만 이내 표정을 풀고 집중하는 모습을 보였다. 아까 전처럼 방심하지 않고 항마무구에 마나를 불어넣는 것이었다.

앤더슨이 마나를 불어넣음에 따라 낀 장갑 손등의 붉은 돌의 색이 더 강해지는 느낌이 들었다.

이윽코 허공에 떠있는 수만개의 매직미사일은 앤더슨을 향해 날아갔는데 그 모습이 마치 수십정의 기관총을 난사하는 것과 같은 모습이었다.

파파파파파파팍!

하지만 강화된 항마력 때문인지 여전히 유리엘의 매직

미사일은 앤더슨의 항마력을 뚫지는 못하였다. 결국 모든 매직미사일은 앤더슨의 30센티미터 전방에서 다 막히고 말았다.

그 모습을 보던 앤더슨은 더 기세등등해 하면서 말했다.

"이 정도로는 안 돼. 이번엔 내 차례다."

매직미사일 샤워가 끝나자마자 앤더슨은 순식간에 유리엘과의 거리를 좁히며 날아갔다. 그리고 그의 오른 주먹에는 활활 타오르는 푸른 불길을 머금어져 있었다. 한눈에 보아도 엄청난 온도가 느껴지는 불길이었다.

앤더슨은 불길을 이용한 장거리 공격도 가능하였지만, 마법사가 근접전에 약하다는 상식을 바탕으로 근접전을 펼치기 위해서 다가갔다.

번개같이 날아온 앤더슨의 주먹이 유리엘의 머리를 노리고 들어왔고, 유리엘은 자연스럽게 슬쩍 뒤로 물러서서 피하려고 하였다.

앤더슨의 주먹은 헛손질에 그칠 것 같았다. 하지만 그때 앤더슨은 그녀를 향해 왼손을 펼쳤다. 염동력이었다.

앤더슨의 손짓에 따라 유리엘의 몸이 무언가에 잡힌 듯 덜컥 멈추는 것 같았다. 회심의 미소를 지은 앤더슨은 유리엘에게 불주먹을 휘둘렀다.

퍼~엉!

하지만 앤더슨의 주먹은 목적을 다하지 못하였다. 그의 주먹은 무언가에 가로막힌 듯 보였다. 그녀에게는 이미 보호마법이 펼쳐져 있었던 것이었다.

"이 정도쯤이야!"

쾅쾅쾅~쾅!

유리엘의 보호마법에도 앤더슨은 좌우 주먹에 불을 머금고 유리엘의 보호막을 가격하기 시작했다. 동시에 장갑의 붉은 돌은 더 붉은 빛을 내기 시작했다.

처음에는 그녀의 50센티미터 앞에서 막혔던 앤더슨의 주먹은 붉은 돌의 빛이 강해지기 시작하면서 점점 더 유리엘 가까이 다가갔다.

보모막이 점점 약해져간다는 것을 느낀 앤더슨은 더 강한 힘으로 보호막을 가격했다.

반면 유리엘은 그런 앤더슨의 공격에 반격도 하지 않은 채 가만히 지켜보고만 있었다.

그런 유리엘의 모습에 앤더슨은 그녀가 도망가려 했지만 자신의 염동력에 막혀 도망치지 못하고 있다고 생각하였다.

그는 이 기회에 어서 빨리 그녀를 전투불능의 상태로 만들고자 하였다. 뒤에 서있는 두 명의 남자들이 끼어들기 전에 마법사인 유리엘을 해치워야지 좀 더 편하게 전투를 치를 수 있겠다는 판단 때문이었다.

지옥의 화염과도 같은 푸른 불길을 머금은 앤더슨의 주먹이 수십차례나 유리엘의 보호막 위로 떨어졌다. 이제 몇 번만 더 하면 앤더슨의 주먹이 그녀의 얼굴에 가격할 것만 같았다.

그 때였다.

콰~~앙!

번개같은 발길질이 앤더슨의 복부를 향해 내질러졌고, 앤더슨은 미처 반응하지도 못하고 그녀의 발에 차이고 말았다.

발차기에 담긴 경력이 엄청났는지 앤더슨은 수십미터나 날아간 이후에나 간신히 몸을 바로 잡을 수 있었다.

'어… 어떻게… 아무런 기척도 못 느꼈는데? 마법사가 이 정도 체술이라니… 마스터인 내가 느끼지도 못할 공격이라니….'

앤더슨은 발차기에서 받은 충격도 충격이지만, 마법사인 유리엘이 체술을 사용했다는 것에 더 놀랐다. 그것도 자신이 알아차릴 수도 없을 정도로 신속한 움직임이었다.

앤더슨을 멀리 날려버린 유리엘이 말했다.

"대강 어느 정도의 항마력인지는 알겠네. 생각보다 항마력의 수준이 좋은데? 아무래도 그 장갑에 있는 돌이 꽤나 상급의 코어인가봐. 여튼 이제 됐으니 그만하자."

딱~!

유리엘은 손가락을 튕겼고 앤더슨은 불의 구체에 휩싸였다. 앤더슨의 반경 1미터 정도를 감싼 불의 구체는 맹렬히 타오르며 그의 몸까지 같이 불살라 버리려 하였다.

앤더슨은 갑작스러운 마법에 순간적으로 놀랐으나 화염 마법이었기에 그렇게 긴장하지 않았다. 화염은 자신의 주 종목이었기 때문이었다.

'화염 마법이라니, 아까의 공격으로 내가 화염 이능력이 있다는 것도 알 텐데. 그것도 모를 정도로 멍청한 건가. 후훗.'

앤더슨을 감싼 화염 구체는 엄청난 온도로 달아올랐지만 앤더슨은 여유롭게 불의 기운을 운용하여 그 여파를 막아냈다.

하지만 점점 더 그 온도는 올라갔고 종내에는 자신이 견디기 힘들 정도의 온도까지 올라갔다.

'으윽… 뭐지? 이 정도 온도라니….'

단순히 실제적 온도만 높은 것이라면 얼마든지 견딜 수 있는 앤더슨이었다. 실제로 마스터급의 능력자인 그는 수천만도가 넘는 핵폭탄을 견디는 실험에서도 살아남은 적이 있었다.

그러나 이것은 단순한 온도가 높은 것이 아니라 마나의 불꽃이었다. 물리적 파괴력만 따지면 핵폭탄 보다는 떨어질 것이나, 이능력자에게는 핵폭탄보다 무서운 공격이었다.

마나 불꽃의 온도가 점점 더 올라갔다. 앤더슨은 지금 이 불꽃에 담긴 마나는 7서클을 넘어 8서클에 육박할 것이라는 생각이 들었다.

다른 8서클 마법이면 자신이 견디기 힘들 것이나 이것은 화염 마법이었고, 그는 화염 이능력자였다.

화염에 특화된 능력을 갖고 있었기에 이 공격에도 버틸 수 있었던 것이었다. 그러나 더 이상은 힘들었다.

'이대로는 안 돼. 어쩔 수 없다. 비약을 먹어야겠군.'

이미 몇 차례 비약을 먹은 적이 있는 앤더슨이지만, 비약을 먹을 때마나 파괴적인 욕구가 끓어오르는 것이 께름칙해 최근에는 비약을 먹는 것을 자제하였다.

하지만 생명이 경각에 달린 지금 이 상황에서 그런 느낌 때문에 비약을 포기할 수는 없었다.

앤더슨은 비상용으로 입안에 숨겨뒀던 비약을 깨물어 삼켰다. 비약이 몸속으로 퍼지며 앤더슨은 마치 심장의 두근거림과 같은 소리가 뇌에서 들려오는 것만 같았다.

두근두근두근두근

뇌가 심장과 같이 울리는 것처럼 느껴지며 초능력을 주관하는 상단전의 마나가 급격히 풀려나오기 시작했다. 마치 처음 각성을 할 때의 느낌과도 같았다.

마나의 흐름이 격렬해지며 지금껏 견디기 힘들었던 마나 불꽃도 더 이상은 힘들지 않았다. 오히려 더 강해진다 하더라도 이겨낼 수 있을 것만 같은 자신감마저 들었다.

앤더슨의 그런 모습에 유리엘이 강민에게 말을 건넸다.

"호오. 앤더슨도 약을 먹었나 보네요. 역시 처음 본 마나 흐름의 불안정은 저 비약을 먹어서 그랬던 것 같아요. 그건 그렇고 힘의 폭발이 예사롭지 않은데요?"

"그래봤자 순간이지. 저 순간이 지나고 나면 당분간은 마나를 쓰기도 힘들걸. 마나 흐름도 불안정해 지고 말이야. 뭐 필사적인 상황에서 사용하는 것이니 그건 문제가 아니겠지만, 영혼에 진 얼룩은 지우기 힘들 거야."

"그렇겠죠. 저 얼룩은 이번 생애뿐만 아니라 내세에도 영향을 줄 테니, 오히려 지금 죽는 것 보다 못할 수도 있겠네요."

"그렇지. 다만 저들은 그걸 모른다는 것이 문제겠지."

충분히 더 마나 불꽃을 강화하여 앤더슨을 태워버릴 수도 있었지만, 유리엘은 여기서 더 강화하는 것은 효율이 떨어진다는 생각에 마나 불꽃을 취소해버렸다.

갑자기 마나 불꽃이 사라지자, 앤더슨은 자신이 마법을 이겨냈다고 판단하고 내심 득의의 미소를 지으며 말했다.

"홋, 공격은 끝인가? 내게 화염마법이라니 어리석군. 이제 본격적으로 해보자.”

"본격적? 아. 그 약을 먹었을 때의 항마력도 이미 확인했으니, 굳이 본격적으로 갈 필요도 없어.”

"뭐?”

이미 필요한 정보를 다 얻은 유리엘은 더 이상의 드잡이질을 할 필요가 없었다.

"소울 크러쉬!”

웬만하면 시동어조차 발하지 않는 유리엘에게서 오래간만에 나온 마법 시동어였다. 영혼 분쇄의 마법이었다.

유리엘에게 쏜살같이 날아오던 앤더슨이 뭔가에 잡힌 듯 덜컥 허공에 멈춰졌다. 멈춰선 앤더슨의 위 아래로 기이한 문양이 떠올랐고, 문양에는 은은한 빛이 서리기 시작했다.

마법에 잡힌 앤더슨은 벗어나려고 힘을 발휘 하였으나 자신의 위아래에 있는 문양에서 흘러나오는 인력이 너무 강하였기에 뜻을 이루지 못하였다.

더 강한 힘으로 이곳을 탈출하려는 앤더슨에게 갑자기 격통이 밀려들어왔다.

"으…으…. 으윽…. 으…으…. 으~~~악!”

처음에는 약한 신음성을 내던 앤더슨은 이내 온몸을 벌벌 떨면서 엄청난 비명을 지르기 시작했다.

"으아악! 으악~!”

마치 귀곡성과 같은 비명을 지르던 앤더슨은, 3분 정도가 지나자 온 몸에 힘이 빠진 것처럼 털썩 주저앉으려 하였다.

　하늘에 떠있는 상태라 주저앉는 것이 아니라 바닥으로 추락한다는 말이 맞는 말일 것이다.

　그런 앤더슨에게 더 이상의 생명반응은 보이지 않았다. 영혼분쇄 마법에 의해 그의 영혼은 갈가리 찢겨 버려서 그의 육체를 떠난 것이었다.

　유니온이라는 이능세계의 정부와 마찬가지인 집단을 만들고, 이능세계의 실질적 주인인 위원회와 싸워 나갔던 한 거인의 마지막 치고는 허무한 죽음이었다.

〈5권에서 계속〉

296 現世 4
歸還錄